GÜNTHER KOSICK

EINER VON VIERZEHN

ERZÄHLT VON GÜNTHER KOSICK,
AUFGESCHRIEBEN VON LARS RÖPER /
BIOGRAFIE MEINES LEBENS

Biografie meines Lebens

Biografie meines Lebens
– Der Weg zu Ihrer Biografie
www.biografie-meines-lebens.de
E-Mail: info@biografie-meines-lebens.de
Fuchsweg 40a
14548 Schwielowsee bei Potsdam
Erste Auflage

Lars Röper
Schriftsteller und Geschäftsführer von „Biografie meines Lebens", Diplom Kulturwissenschaftler, Journalist, Weltreisender, verheiratet, Vater von vier Kindern.

GÜNTHER KOSICK

EINER VON VIERZEHN

ERSTER BAND

Widmung

Ich widme dieses Buch meinen wunderbaren Töchtern Tanja und Lisa und deren Mutter Sylvia.
Die drei haben mein Leben geformt und in eine Richtung gelenkt, mit der ich sehr glücklich und zufrieden bin. Auch wenn Sylvia und ich heute kein Paar mehr sind, so sind wir doch auf wundersame Weise, solange wir das Leben mit unseren einzigartigen Kindern genießen dürfen, weiterhin verbunden.
Das ist für mich etwas ganz Besonderes, denn wir hatten eine sehr wertvolle Zeit zusammen. In dieser gemeinsamen Zeit sind auch unsere beiden Mädels, Tanja und Lisa, entstanden. Dafür danke ich der Sylvia, dass sie uns die Kinder geschenkt hat.
Ich danke meinen zwei Kindern, dass sie trotz Trennung den Weg gemeinsam mit mir gegangen sind und ich hoffe, dass das auch weiterhin so bleiben wird.
In Liebe Euer Papa
Und dir, Sylvia, danke ich für die schöne Zeit, die wir miteinander haben durften.

Teil I – Einer von vierzehn

Roland, Rupert, Monika, Bernd, Roswitha, Helga, Walter, Siegfried, Alfred, *Günther*, Christine, Erhard, Reinhard und Jürgen

Oben am Treppenpfosten saß ich und hörte sie streiten. Unsere Eltern, wie immer ging es ums Geld. Es reichte oft nicht. Nicht vorne, nicht hinten, nicht in der Mitte und dazwischen.
Unsere Mitte war Walter, vorne Roland, ganz hinten Jürgen. Ich, die Nummer zehn, schrie nach meiner Hausgeburt am 4. Juli 1965 das erste Mal in den Himmel über Ellgau. „Heute male ich dein Bild, Cindy Lou“, sang Drafi Deutscher im Radio und meine neun Vorgänger waren wieder einer mehr. Nach mir kamen dann noch vier. Christine und Erhard und Reinhard und Jürgen. Dann war Schluss.
Wahrlich, meine Eltern liebten das Leben, feierten es mit vierzehn Kindern. Zwei Handballmannschaften sind das, ein kleines Turnier, Spaß und Abenteuer. Doch auch der Kreuzweg führt traditionell über vierzehn Stationen. Keine leichte Strecke. Auszuhalten galt es einiges als einer von vierzehn. Denn Heilige waren wir keine. Nicht die katholischen „Vierzehn Nothelfer“, denen die Wallfahrtskirche „Vierzehnheiligen“ in Oberfranken gewidmet ist. In eben diese Gegend flohen meine Großeltern 1939 mit meiner Mutter aus Rumänien. Zauberhaft merkwürdig all das, sicher ein Zufall.
Oben und gelehnt an meinen Treppenpfosten fasste ich vor lauter Gezanke sowieso keinen klaren Gedanken. Hörte, wie knapp die Kasse war, während der Elternstreit unten langsam verebbte. Die Luft war raus, Kraft wurde für anderes gebraucht.
„Etwas zum Fressen kriegen wir immer auf den Tisch“, jagte mei-

ne Mutter alle Zukunftsängste aus dem Haus. Für eine Kartoffelsuppe reiche es allemal, machte sie sich ans Werk und rückte gewaltige Töpfe auf den Herd. Kroch später ebenso todmüde ins Bett wie ihr zehntes Kind, das sich zum Einschlafen die Bettdecke über die Ohren gezogen hatte. Sorgen indes, die Ehe meiner Eltern würde unter der Last von vierzehn Kindern einbrechen, machte ich mir nie. Alles Gezeter war eingebettet in ihre Liebe, felsenfest hielten Lucia und Harry zusammen. Unfassbar – Jahrzehnte später, zur Goldenen Hochzeit, ließen sie sich wie frisch Verliebte in der offenen Königskutsche durchs Dorf schaukeln. Noch heute sehe ich meinen Vater feierlich seine Arme zum Gruß erheben, stolz und an sich gedrückt unsere Mutter. Welch Jubelschrei mit einem Schweif von vierzehn Kindern.

Ohne Nebengeräusche kommt ein solcher Jubelschrei natürlich nicht aus, nicht ohne Lachen, Zanken, schallende Ohrfeigen, Rülpsen, Furzen, Kichern, Stolpern, Beinstellen und das Vernichten gewaltiger Mengen von Aufmerksamkeit, Nahrung, Wasser, Strom, Kleidung und Geld.

„Günther", hörte ich im Tante-Emma-Laden meinen Namen ebenso, wie Roland, Rupert, Monika, Bernd, Roswitha, Helga, Walter, Siegfried, Alfred, Christine, Erhard, Reinhard und Jürgen den ihren vernahmen. „Die heutigen zwei Brote, zwanzig Semmeln und sechs Liter Milch schreibe ich noch an, bald aber muss alles ..."

„... bezahlt werden", wusste ich, kannte ja das Buch, in dem die Dorfbewohner ihre Einkäufe anschreiben ließen. Viele taten es. Nicht nur wir Kosicks, auch wenn ich es lange Zeit glaubte.

Morgens ein Schrei. „Aufstehen!"

Das saß. Die Generalin hatte gerufen. Nichts weniger musste unsere Mutter sein, um alles vor dem Chaos zu bewahren. Im

Fasching 1941: Mein Papa als Jugendlicher (o. l.) mit seiner Familie

Die Hochzeit meiner Eltern Lucia und Harry

gesamten Obergeschoss krochen nun Kinder und Jugendliche aus den Betten. Niemand ließ es darauf ankommen, von der Generalin mit einer Ohrfeige aus dem Nachtlager gefegt zu werden. Meine dreizehn und ich machten uns auf den Weg ins Badezimmer. Endlos gurgelte das Klo, Gebirge aus Zahncreme wurden aus den Tuben gedrückt, Gesichter mit Wasser benetzt und manchmal gewaschen, Haare in Form gebracht und geflochten. Schließlich rein in die Lederhosen und Kleider, runter an den Esstisch.

„Frühstück", grüßte von der Stirnseite die Generalin. Zwei mächtige Brotlaibe neben sich, hatte Mutter ihren Stammplatz eingenommen, schmierte mit Vaters Unterstützung endlos Butterbrote mit Marmelade, schob sie in die Runde ihrer Nachkommen und wusste nichts davon, dass sie uns später allesamt enterben würde.

„Essen!", hielt der Familiengeneral ihre vierzehn in der Spur, spornte uns an im Mampfen, auf dass wir pünktlich ankämen, in der Schule, in Ausbildung oder Beruf. Ganz selbstverständlich drückten die Eltern uns Pausenbrote in die Hände, dann zog die Karawane los. Ein jeder nach seiner Art, gleichwohl vierzehn echte „Kosicks". So raunte es in Ellgau, wenn wir in den Alltag oder zur Sonntagskirche zogen. „Die Kosicks", tuschelten die Dorfbewohner, wenn wir kamen. Und irgendwo kamen wir immer.

Mindestens ein „Kosick" war immer dabei, wenn Abenteuer oder Streiche lockten, wir uns aufmachten über den Damm, hinein in den Wald und zwischen die Bäume, die unsere Baumhäuser trugen. Wie oft hockten wir in deren Schutz, schabten die Innereien aus den schwarz gefangenen Fischen.

„Komm, Günscheck, Schwarzfischen", nahmen die Älteren mich ins Schlepptau. Klar, ich rannte mit ihnen, ohne die Spur einer

Ahnung, was es wohl meinte, dieses „Schwarzfischen".
Bald aber erreichten wir die Forellenteiche, fischten mit simplen Ruten einiges raus, türmten in alle Winde, als der Eigentümer der Zucht uns erblickte. „Komm, Günscheck, mach dich dünn!", hörte ich die Stimme eines Kosicks und nahm die Beine in die Hand.
Schnell wie der Wind waren wir, saßen später am Feuer, kratzten die Innereien aus den Fischen, achteten sorgsam darauf, die schwarzgrüne, dunkelbraune Galle nicht zum Platzen zu bringen. „Dann ist das ganze Ding verseucht", hämmerten mir die Älteren ein. „Pass bloß auf, Günscheck. Von dem Schwimmer kriegste sonst keinen Bissen runter."
Vorsichtig schabte ich, ließ Herz, Leber, Niere und Kiemen des Fisches auf den Waldboden regnen, schob das glibberige Zeugs mit dem Schuh zur Seite. Einer schmiss Holz aufs Feuer. Mein Fisch leuchtete geheimnisvoll. Auf Stöcken grillten wir ihn und aßen wie die Götter.
Diesen göttlichen Geschmack des Fisches trug ich noch im Mund, als es zum Abend an unserer Haustür schellte. Die Generalin öffnete. Wieder ihr Schrei, drei Worte:
„Herkommen – alle – sofort!"
Wer jetzt nicht spurte, hätte gleich sein Testament machen können. Aus Ecken und Sesseln, Zimmern und Betten, vom Klo und aus dem Garten eilte herbei, wer daheim war und den nächsten Sonnenaufgang erleben wollte.
„Wer war's?", wollten die wissen, die nun vor uns standen. Besitzer von Forellenteichen, Erbauer von auf unerklärliche Weise umgestürzten Hochsitzen oder gar Polizisten stellten diese Frage. Wir vierzehn indes kannten nur eine Antwort: „Keine Ahnung, wir nicht."
Eine Lüge war das. Natürlich. Gleichwohl stand sie wie eine

Granitmauer. Mutter daneben. Schweigend. Irgendwie stolz auf uns, sicher auch verzweifelt. Kamen sie doch regelmäßig, diese Männer mit der in unseren scheppernden Hausfrieden bohrenden Frage: „Wer war's?"
Die „Kosicks" schwiegen. Welch Bande hielten unsere Bande doch zusammen. Erst Jahre später sollte mir dieser Schatz aus Verbundenheit, Gemeinsamkeit und Lebensfreude deutlich werden und zu schimmern beginnen. Hatte ich mich als Kind doch oft für unsere weitläufig bekannte Familienbande geschämt. Asozial fühlte sich das an. Immer waren wir zu viele, immer war es zu laut, alle Plätze irgendwie schon besetzt. Nicht mal ein freier Blick auf den Fernseher war mir vergönnt, weil im Wohnzimmer auf kreuz und quer gespannten Leinen alles voller Wäsche hing, die Unterhosen und Socken und Bettlaken unserer ganzen Garnison tropften.
Ein schneeweißes, von Mutter gewaschenes und unserem Vater mit seiner Bügelmaschine geglättetes Laken schob ich beiseite und betrachtete den Fernseher. Hinter der Wäsche ritten die Jungs von Bonanza. Das gefiel mir. „Womöglich bin ich aber nicht hart genug für eine solche Wildwestwelt", dachte ich, war mein Gesicht doch weicher gezeichnet als das meiner Brüder. Ein Cowboy würde ich sicher nicht werden, spürte ich beim Schauen der Fernsehsendung. Einer, der rausreitet aus unserem Halligalli, rein in eine goldene Zukunft. Konnte ich eine solche vom Leben erwarten?, fragte ich mich, während wieder jemand vorbeirempelte, ein Wäschestück zur Seite und mir vor den Blick schob. „Ey", rebellierte ich. Keine Antwort. Jemand drehte die Glotze lauter.
Als habe man mir den Ausblick in die Zukunft geraubt, stand ich auf und geisterte durch Mutters Wäschelabyrinth aus dem Zimmer. In was hatte sie mich da nur reingeboren? Dreizehn

Die „Nummer 10": ganz in Weiß im Kreise meiner neun Vorgänger

Die tägliche Kosick-Wäscheleine

Holzvorräte ohne Ende

Papa und seine Säge *Der nächste Schreihals. Ich bin der 4. v. r.*

Geschwister, ein verdammter Taubenschlag, und ich mittendrin. Sicher war mir vom ersten Schrei an die Lebensrichtung vorgegeben, die direkte Rutschpartie in eine mediokre Zukunft. Plötzlich fand ich mich vor dem Spiegel wieder. Konnte nicht eintreten wie Alice in ihr Wunderland. Betrachtete mein Kindergesicht, meine sanften Züge, die dunklen Locken. Sieben oder acht Jahre alt war ich damals, sah anders aus als meine Geschwister. Gehörte trotzdem dazu. Auf Gedeih und Verderb. Böse starrte ich mein Spiegelbild an. Hörte meine eigenen Worte, vergaß sie nie.
„Gott im Himmel“, murmelte ich, „in was für einen Saustall hast du mich nur reingeboren?“

„Oh, Tannenbaum!“

Hätte ich es mir aussuchen, vor meiner Geburt wie ein Vogel durch den Himmel kreisen und Familien in Augenschein nehmen können, mein „Saustall“ wäre sicher nicht die erste Wahl zum Aufwachsen gewesen. Wie die meisten von uns, hätte ich mir wohl eine aufgeräumte Familie mit schickem Haus und Auto herausgepickt, eine hübsche Mutti, einen stattlichen Papi und vielleicht einen Bruder und eine Schwester. Es wäre ein Fehler gewesen. Ja, einen verdammten Fehler hätte ich mit meiner spießigen und spinnerten Auswahl gemacht. Natürlich sind vierzehn Kinder ein Regiment, eine vollendete Katastrophe, in dessen Alltag immer jemand durch irgendeine Scheibe geschubst wird, mit Kinderkrankheiten, abgebrochenen Zähnen, grottenschlechten Noten oder in Begleitung der Polizei daherkommt. Gleichwohl hatte ich, anders lässt es sich kaum sagen, eine „megageile“ Kindheit. Wir waren „die Kosicks“, eine Bande,

eine Gang, los war immer etwas. Was also sollte mir fehlen? Der Mercedes aus der Nachbarstraße?
Sicher sah ich ihn manchmal mit großen Augen an und dachte an den Motorroller, den meine Mutter und mein Vater seit Jahren als sogenanntes Fortbewegungsmittel nutzten. Immer brausten sie damit herum, allein, zu zweit. Schafften mächtige, mit Nahrung und Kleidung gefüllte Tüten heran, hielten unser „Hotel“ 24/7 am Laufen.
Dass es Menschen mit Motorrollern oder Schrottkarren besser gehen kann als Daimlerfahrern, verstand ich erst Jahre später. Eine Erkenntnis, die meine Kindheit in ein neues, strahlenderes Licht hüllte. Dabei musste Papa erst fünfzig werden, bis er die „Blauer Käfer“ genannte Schrottkarre überhaupt fahren durfte. Denn einen Führerschein besaß er so lange nicht, bis unsere „Nummer 1“ mit einundzwanzig Jahren die eigene Fahrprüfung ablegen wollte und Vater hinterrücks mit anmeldete.
„Du Vadda, ich mach'n Führerschein“, ließ „Nummer 1“ uns im Lärm des Abendessens wissen. „Hab' dich gleich mit angemeldet.“
Nach kurzer Verunsicherung fand Papa Gefallen an einem möglichen Wechsel vom besonders im Winter luftigen Motorroller in den kuscheligen Autositz, besuchte gemeinsam mit Roland die Fahrstunde und ruckelte durch die Gemeinde. Die Prüfung bestand Papa mit links. Roland indes, das sei nur am Rande bemerkt, rasselte durch.
Vater war es eben gewohnt, am Ball zu bleiben. Schon bei der Familienplanung musste er das. Hätte nicht eine Schwangerschaft der nächsten die Nabelschnur in die Hand gegeben, meine Eltern das Jahr Verschnaufpause zwischen „Nummer 1“ und „Nummer 2“ zur Gewohnheit werden lassen, unsere Bande wäre gescheitert. Harry und Lucia hätten mit einer Kleinfamilie

Natürlich rissen wir uns Papas Roller umgehend unter den Nagel. Ich bin der 2. v. r. und sehe ein wenig aus wie meine Tochter Tanja.

von womöglich acht oder neun Kindern vorliebnehmen müssen. Welch mickriges Bild hätte das besonders vor dem Tannenbaum gegeben. Aber nein, meinen Eltern gelang es, einen ganzen Chor zu zeugen, der alljährlich im Halbkreis vor dem Christbaum antrat und mit seinen ungleichen Mitgliedern, vom Kleinkindgeplärre bis Stimmbruch, Sopran und Herrenstimme eine enorme Bandbreite aufweisen konnte. Vor uns funkelte der Baum, sechzehn Geschenke darunter. Ein Paradies, das wir während des Singens natürlich anstarrten und dabei aufgeregt flüsterten.

„Das ist bestimmt mein Geschenk, das blaue da ..."

„Vergiss es, das große Ding ist meins."

Zack, gab's einen Faustschlag in die Seite und Mutters Stimme knallte ins Weihnachtslied.

„Ruhe, verdammt!"

Unser Vater ließ sich nicht beirren, dirigierte schwungvoll unseren Kosick-Chor, nicht ohne inbrünstig und im tiefsten Weihnachtsglück zu schmettern.

Meine Eltern, ein Fest der Liebe

„OH, TANNENBAUM, OH, TANNENBAUM!“
Ohne Singen keine Bescherung, das war die oberste Weihnachtsregel. Wobei Vaters Dirigat und Mutters gelegentliche Schläge auf die Hinterköpfe uns irgendwie durch die Auswahl der Lieder zwangen. Plötzlich eine Sekunde der Stille, dann ran an die Geschenke.
Es war das wahre Weihnachtswunder. Sind jungfräuliche Geburten doch ein Leichtes gegen das, was unseren Eltern gelang. Vierzehn Kinder rupften das Geschenkpapier von ihren Päckchen und ein jeder von uns fand darin, was er sich gewünscht hatte. War der Wunsch auch noch so groß gewesen, meine Eltern erfüllten ihn fast immer, ließen den Traum von der elektrischen Eisenbahn ebenso wahr werden wie den zutiefst ersehnten Kampfroboter oder das in meinem Kopf seit Monaten herumsausende ferngesteuerte Auto. Jetzt hielt ich die Fernbe-

dienung in der Hand, hatte eben die Batterien ins Fach gefummelt und drückte den Hebel nach oben. Frohe Weihnachten! Das empfanden wir Kosicks wohl alle. Glücklich betrachteten wir die Geschenke, während unsere Eltern die Festtafel mit Bergen von Köstlichkeiten eindeckten. Gleich fielen wir darüber her, futterten wie die heiligen vierzehn Könige.

Wie es meinen Eltern gelang, uns ohne Geldpresse oder regelmäßige Banküberfälle derart glückliche Weihnachtsfeste zu bescheren und überhaupt das gesamte Regiment satt, sauber, geschnitten und gebürstet durch den Alltag und die Schulzeit zu manövrieren, ist mir bis heute nicht weniger als ein Rätsel. Selbstverständlich waren die Anschreibzettel beim Tante-Emma-Laden prall gefüllt mit unserem Nachnamen. Gleichwohl zahlten meine Eltern alles zurück, beglichen, wie durch Zauberhand, mit ihren mäßig bezahlten Jobs Mark und Pfennig.

Viel war es sicher nicht, was die Firma Böwe unserem Vater zahlte. Denn während einige seiner Kollegen das mit 12.500 Briefen in der Stunde weltweit schnellste Kuvertiersystem entwickelten, lief unser Vater im Firmenlager herum und erledigte, was eben zu erledigen war. Dann Feierabend, rauf auf den Roller und heimgebraust, um für vierzehn Kinder der Papa zu sein.

Unsere Mutter Lucia, war sie nicht wie üblich schwanger, half in den Restaurantküchen der Umgebung aus. Wusch, schälte und kochte, dass es nur so dampfte und tat selbiges daheim. Auch ihr Einkommen war nicht zum Niederknien, dafür gelang es Lucia, meine älteren, während ihrer Lehre bereits verdienenden Geschwister in die Knie zu zwingen.

„20 % vom Lohn“, nagelte unsere Generalin den Festpreis für Kost und Logis mit deutlichen Worten ins Zimmer. Wer verdiene, müsse seinen Anteil einbringen, stellte sie klar. Wer sich weigerte, wurde ausgesperrt. Zack, Schlüssel abgenommen, Tür zu.

Gute Nacht. Ich werde noch davon zu berichten haben.
Klare Regeln, kein Pardon, unser Familienhotel wäre sonst in die finsterste Insolvenz gerutscht und wir womöglich auf die Kinderheime der Region verteilt worden. Man stelle sich die hilflosen Anrufe der Mitarbeiter des Jugendamtes auf ihrer Suche nach vierzehn Plätzen vor.
Wie verstörend es auch klingen mag, die Schläge, die wir allesamt einstecken mussten, waren zur Aufrechterhaltung unseres Daseins ebenso notwendig. Einer der Kosicks heckte schließlich immer gerade etwas aus, sägte an einem Hochsitz, drückte einen Feueralarmknopf, versenkte Silvesterknaller in Briefkästen oder stand nach einer der üblichen Prügeleien in zerrissener Kleidung und offenbar voller Sehnsucht nach einer Ohrfeige im Türrahmen. Mutter ließ nicht lange auf sich warten, ballerte ihm eine rein und nähte dann seine Klamotten.
Keine Eltern können vier Augen auf vierzehn Kinder werfen. Also erzogen wir uns gegenseitig, was bedeutete, dass unsere Freiheit grenzenlos war. Mutters Ohrfeigen verliehen Orientierung, nicht wenige von uns wären ohne sie im weiten Feld der Freiheit verloren gegangen.
Auch ich gehörte dazu, nahm die Schläge als Lehrgeld, schluckte den Schmerz runter und spürte, wie der Schwung der Ohrfeige mein Denken in Bewegung brachte. Wie könnte ich es beim nächsten Mal schlauer anstellen? Es müsste doch zu schaffen sein, „dass Mudda nicht draufkommt“. Denn nur der Dumme, das wusste ich bereits, macht zweimal denselben Fehler, der Kluge jedes Mal einen anderen.

Die Generalin

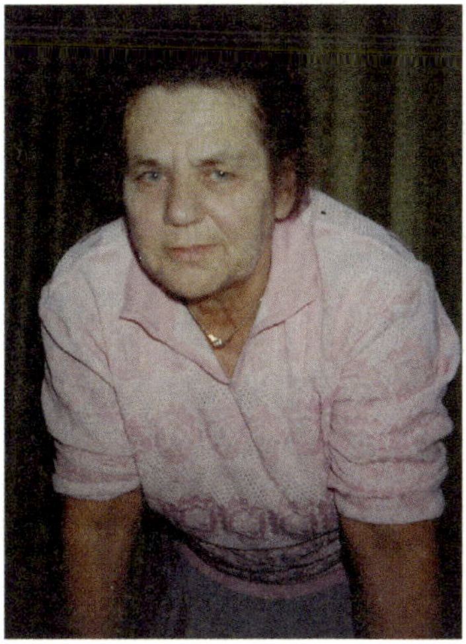

„Ist Mama schon da?“

Wie oft hörte ich solch Flüstern an unserer Haustür.

„Nein.“ Ein Aufatmen. Denn Mutter war es, die uns rundmachte, das harte Regiment führte. Papa hatte einen anderen Part. Als sanfter Teil der Eltern verbarg er ganze Ameisenhaufen unserer Vergehen vor Lucia, hütete diese Geheimnisse und beschwor den Bund, den wir mit ihm geschlossen hatten. Papa hielt fest zu uns.

Brannte unsere Generalin allerdings vor Wut, konnte auch er seine Frau und ihre durch die Luft rauschenden Handflächen nicht mehr stoppen. Beim Heimkommen eines Sünders schoss unsere Mutter dann als Furie aus den gewaltigen Wäschebergen, in denen sie ständig herumkletterte, und nahm sich diesen zur Brust. Anschließend stapfte sie erneut in die Wäsche, entzerrte den gewaltigen Haufen zu mehreren, immer noch stattlichen kleineren und stopfte sie nacheinander in die Maschine. Wie nur hielt sie ihn aus? Den Anblick der endlos rotierenden Trommel mit den Dreckschlieren ihrer vierzehn Kinder darin,

Gemeinsam waren sie unendlich stark: meine Eltern Lucia und Harry.

während sich hinter ihrem Rücken der nächste Wäscheberg auftürmte. Die ewige Wiederkehr des Gleichen. Beim Philosophen Friedrich Nietzsche ist das ein zentraler Gedanke und ein solches zyklisches Zeitverständnis die Grundlage höchster Lebensbejahung.

Für Lucia muss es ebenso gewesen sein. Sonst wäre sie verrückt geworden unter unserem niemals eingeklappten Wäscheständer, dort, vor unserem kleinen Haus im Dorf Ellgau mit einem Wohnzimmer, dem Bad, der Küche und dem Elternschlafzimmer im Erdgeschoss. Schaute sie hinauf, waren dort die drei, mit jeweils vier Betten ausgestatteten Kinderzimmer. Und eine Kammer gab es, auch dort war noch einer drin. Kurz nachgerechnet:

Drei Zimmer mit vier Kindern plus Kammerbett machte ...

... dreizehn. Einer fehlte. Die „Nummer 1" wohnte während des Großteils meiner Kindheit bereits beim Metzger. Er war raus, machte eine Ausbildung. Manche wohnten damals in ihren

Lehrstellen. Auch bei Roland war es so, er lebte nun zwischen Wurst und Schinken.

Dreizehn Hausgeburten waren wir, nur die „Nummer 14" erblickte im Krankenhaus das Licht der Welt. Dort machte man dann auch gleich Schluss mit Mutters Geburtendrang und sterilisierte sie auf eigenen Wunsch.

Neun saugten bei meiner Geburt bereits Energie und Finanzspritzen aus unseren Eltern. Da finde man als Neuling erstmal sein Standing. Durchbeißen vom ersten Schnullerzucken war die Devise, die ich verinnerlichte und als Schatz durch mein weiteres Leben trug. Erst waren es neun, später dreizehn Nebenbuhler, die zumeist wollten, was man selbst begehrte. Also Feuer frei, drängeln, schlau argumentieren und Fäuste hoch. Beim Essen war es noch einfach, weil unsere Mutter derart viel an dampfenden Speisen auf den Tisch wuchtete, dass alle friedlich kauen konnten. Anders wurde es, wenn wir Lucia das Badewasser einlaufen lassen hörten.

Erst kamen die Großen an die Reihe, anschließend wurden, in der Reihenfolge unseres Alters, wir Kleineren meist zu viert in die Wanne gezwängt. Zwei Mal wurde das Wasser gewechselt. Alles andere wäre untragbar und sinnloseste Verschwendung gewesen, befand Mutter und drängelte uns nackte Bande ins schummrige Nass. Um sogleich zu begreifen, dass es beschissen ist, als Kleiner gemeinsam mit drei anderen in der Brühe zu hocken, hätte es der ewigen Sprüche meiner Geschwister gar nicht bedurft. „Ey, Günscheck, viel Spaß in der Wanne. Ich hab' da voll reingepieselt."

„Blöder Arsch", rief ich meinem nackt und lachend aus dem Zimmer flitzenden Bruder hinterher und spürte gleichzeitig Verzweiflung in mir aufsteigen. Wie viele waren wohl unter meinen Vorgängern gewesen, die ohne größere Bekenntnisse, sei es aus

Spaß oder Drang, ihre gelben Urinwolken durch die Wanne geschickt hatten?
„Ich geh' da nicht rein", beharrte ich vor meiner Mutter und spürte, wie ihr Blick mich umgehend würgte. Die Widerworte hätte ich mir sparen können. Samstags war Waschtag, und da wurden wir gewaschen. Kein Entkommen.
„Günther, du gehst da rein", stellte Mutter klar und sogleich spürte ich ihre aus Daumen und Zeigefinger erzeugte Klemme an meinem Ohrläppchen. Sie zwang mich in die Knie und rein ins Wasser. „Wasch dich ordentlich", hörte ich noch und wusste, gleich würde ein weiterer Kosick neben mir zum Sitzen kommen. Meine Hände schaufelten etwas Wasser aus der Wanne und ließen es durch die Finger wieder hineinlaufen. Mir gefiel das Ganze nicht. Vermutlich wäre es das Beste, überlegte ich, wenn ich selbst ins Wasser pieselte, um die Ausflüsse meiner Vorgänger irgendwie zu neutralisieren. Weiter kreisten meine Gedanken nicht, denn schwups landeten drei Geschwister hinter mir und umgehend begann ein großartiger Tumult aus Wasserschlacht und Schlägerei.
Blitzblank und wie die Orgelpfeifen bildeten wir schließlich im Wohnzimmer, da wir als Reihe nicht hineingepasst hätten, unseren üblichen Halbkreis. Während unsere Mutter die Haare der Mädchen flocht, führte unser Vater seine berüchtigten, unsere Frisuren für den Sonntag in Form bringenden Handkantenschläge aus. Von einem Sohn zum nächsten tretend, sah er uns jeweils kurz militärisch in die Augen, drückte eine Ladung der leichten Frisiercreme „fit" aus der Tube, zischte sie uns mit einer Art Karateschlag in die Haare, um sogleich mit einem zweiten Hieb einen Seitenscheitel zu ziehen, der für den Rest des Sonntags auch durch wildestes Rumtreiben nicht zu vernichten gewesen war.

Die letzten Spuren aus Vaters gutem Elternhaus waren es wohl, die uns in Form der pomadisierten Seitenscheitel durch den heiligen Sonntag begleiteten. Mein 1927 geborener Vater Harry wuchs am westlichen Rand der Oberlausitz, in Königsbrück, 25 Kilometer von Dresden auf. Alt genug, um an die Ostfront geschickt zu werden, kam er davon. Gleichwohl sollten die an den Zehen erlittenen Erfrierungen ihn ein Leben lang an den Krieg erinnern. Gesprochen hat mein Vater nie davon, schwieg von den Tagen an der Front, den Toten und den über das Eis ziehenden Flüchtlingstrecks. Unglaublich, wie ein Leben nach solchen Erfahrungen einfach weitergehen kann. Mein Vater kehrte heim und fand nach dem Krieg in Schwepnitz, nahe Hoyerswerda, in der Glasindustrie eine Arbeit.

Das Elternhaus meiner Mutter wird ein bäuerliches gewesen sein. Als Lucia Reis im Jahre 1933 in Luisenthal, Rumänien, geboren, gehörte meine Mutter der als Bukowinadeutsche oder Buchenlanddeutsche bezeichneten Volksgruppe an, die sich seit dem Ende des 18. Jahrhunderts im Südwesten der Bukowina niedergelassen hatte und zumeist als Bauern lebte. Der Hitler-Stalin-Pakt sollte ihrem dortigen Leben ein Ende bereiten. Die Sowjets besetzten die Region, die Bukowinadeutschen wurden 1940 nahezu vollständig ins Deutsche Reich umgesiedelt. Als Siebenjährige war wohl auch meine Mutter unter diesen Umsiedlern, gab allerdings nicht mehr als Bruchstücke aus der Vergangenheit unserer Familie preis. Offenbar waren die Reis und ihre Verwandten derart zerstritten, dass es hinsichtlich der gemeinsamen Herkunft nichts zu hegen und pflegen gab.

In Franken begegneten sich Lucia und Harry und los ging es mit der Familienplanung. Im Jahre 1953 heirateten die beiden in Michelau, Unterfranken, fanden als Paar Arbeit auf dem Gutshof Lichti, dem heutigen Herrlehof, und kamen auf diesem Wege nach Ellgau. Ein eigenes Haus war ihr größter Traum. Sie sollten ihn verwirklichen und dieses Dominizil, nach all dem Tod, den sie sahen, mit Leben füllen.

Schule

„Ihr Sohn ist noch lange nicht so weit", sagte uns der Lehrer beim Einschulungstest und hatte recht. Am 4. Juli geboren, saß ich als Fünfjähriger auf dem Präsentierteller und sollte allerlei für mich undurchdringliche Aufgaben meistern. Flüchtig hatte ich einen Blick darauf geworfen und einige Formen, Zahlen und Buchstaben ausgemacht, bevor meine Gedanken hinfortzogen, tief hinein in die wundervolle Welt des Schwarzfischens und unserer Baumhäusle.

„Kosick, Günther", ließ der Schulleiter mich mit harter Anrede aus meinem hübsch zwischen den Blättern platzierten Häusle gleichsam abstürzen. „Träumst du? Was ist mit den Aufgaben?"

„Ja, gleich", erwiderte ich, ließ das meiste unerledigt, schmiedete indes hervorragende Pläne für den Nachmittag und wurde von der Schule zurückgestellt.

Da konnte meine Mutter noch so schimpfen. „Du gehst mit sechs in die Schule." Sie nahmen mich nicht, stellten mich im folgenden Jahr gleich nochmal zurück. Schließlich war ich sieben. Jetzt mussten sie mich nehmen, ob sie wollten oder nicht. Ich selbst, naja, wäre der Schule lieber ferngeblieben, frage mich heute, wie lange die Lehrer mich hätten zurückstellen müssen, bis die Träumereien sich weitestgehend aus mir verabschiedet hätten. Womöglich wäre ich bis heute nicht eingeschult.

So aber geschah es im September 1972 doch. Ich saß in der Schule, es fühlte sich an „wie Knast" und die Worte meiner Mut-

Meine Einschulung, 1972

Mit meinem Kumpel Volker (r.)

Im Kreise einiger Geschwister. Mich findet ihr in der 2. Reihe, 2. v. r.

ter machten es auch nicht besser.
„Wer sitzen bleibt", hatte Lucia bereits bei meinen neun Vorgängern in Beton gegossen, „geht zur Sonderschule."
„Niemals", schwor ich mir, das durfte nicht passieren. Doch kannte ich meine Mutter. Sie scherzte nicht, jagte frei dem Motto „unten sticht" jeden von uns, der die Versetzung vermasselte, auf die Sonderschule. Beweise gab es genug. Denn auch wenn später erfolgreiche Selbstständige unter ihnen waren, „Nummer 7" schmierte ab, „Nummer 8" schmierte ab, „Nummer 9" schmierte ab, dann ich ...
Lieber Himmel, jeder Statistiker dieser Welt hätte mich ebenfalls abschmieren und die Sonderschule besuchen sehen. Zumal die drei nach mir auch allesamt abschmierten.
Drei vor mir, drei nach mir. Umzingelt von Sonderschülern war auch ich immer nah am Abgrund. Wie oft sah ich hinunter, schauderte, werkelte mich durch die Schulzeit, machte gerade so viel, dass ich irgendwie durchkam. Gleichzeitig schämte ich mich für die ganzen „Vieren" und hatte das Gefühl, es müsse mehr aus meinem Hirn herauszuholen sein. Doch war ich zu faul, höre mich noch heute in der dritten Klasse einen Text vorlesen. Wie langsam und holprig ich durch das Dickicht der Buchstaben kroch, plötzlich eine machetengleiche Stimme vom Pult: „Kosick, du kannst ja nicht einmal gescheit lesen."
Ich schluckte die Endung des letzten Wortes hinunter und schwieg. Traurig und enttäuscht saß ich in dieser trostlosen Wüste von Schule. Dann aber eine Oase, eine Wüstenblume in Gestalt einer Mitschülerin.
„Herr M., der Günther kann es halt noch nicht besser", sagte Gisela forsch. Sie und ihre Freundin Ramona waren nicht weniger als ein Schutzmantel für mich. Immer wieder halfen sie mir aus den Klauen der Lehrer, waren so wunderbar mutig und frech in

ihrer pubertierenden Welt der wachsenden Busen und Hintern. „Mit meinen Klassenkameraden gehe ich bis zum Ende“, schwor ich mir und blieb womöglich deswegen nicht sitzen. Denn schon immer waren meine Mitschüler und Mitschülerinnen nicht weniger als echte Kameraden gewesen. „Komm, Günscheck“, sprach mich bereits in der ersten Klasse ein Tischnachbar an. „Ich zeige dir das mal mit den Buchstaben.“
Nach einer ernüchternden Kostprobe meiner Buchstabenkenntnisse schien Martin sich vorgenommen zu haben, mir aus dem Labyrinth des Alphabets rauszuhelfen, in dem ich herumirrte. Eindringlich zwang er meinen Blick mit seinem Zeigefinger auf die an der Wand hängende Buchstabentafel. Eine wahre Sisyphusaufgabe, die Martin sich ans Bein gebunden hatte, denn ich verspürte keinerlei Interesse an den kryptischen Zeichen. Als Angelhaken taugten sich nicht, waren zum Feuermachen und Kämpfen ebenso ungebräuchlich, wie als Seile oder Nägel für unsere Baumhäusle. Was also sollte ich mit diesen ganzen Buchstaben anfangen?
„A“, sagte Martin in diesem Moment und zeigte auf ein Dach mit Querstrich.
„Kenn´ ich“, lächelte ich und sprach ihm nach. „A.“
„B“, fügte er hinzu, nannte dann „C“, „D“, „E“ und „F“.
„Kenn‘ ich auch“, nickte ich und wiederholte alles.
„Und welcher ist das?“, stupste Martin mit seinem Finger den folgenden Buchstaben an.
Ich hatte keine Ahnung. Eine sich aufbäumende Schlange schien mir der Buchstabe zu sein. Manchmal sah man solche in den Cowboyfilmen, die in unserem Wohnzimmer hinter den Bettlaken und Unterhosen flimmerten.
„Sieht gefährlich aus“, erwiderte ich. „Wie eine Natter.“
„Es ist das G“, erklärte Martin.

„Das G?“, hakte ich nach.
„Ja, das G“, betonte er. „Der Buchstabe G.“
„Ach so!“, sagte ich, „danke!“ Martin nickte und fuhr fort. Leicht würde es für ihn nicht werden.

Wildblumen und Löwenzahn

Mit den ersten Sommerferien kam der erste Tod. Claudia aus unserer Klasse, ein Auto hatte sie erwischt. In den Ferien hörten wir davon, fanden noch den roten Blutfleck auf der Landstraße. Jetzt aber sah sie wunderschön aus, wie sie im weißen Sarg, in ihrem weißen Kleid in der Leichenhalle vor mir lag. Eine Kerze brannte neben ihrem Gesicht. Es machte mich traurig. Doch war sie auch schön. Nicht einmal das Papiertaschentuch, das ein wohl immer noch aus ihrer Nase austretendes Sekret aufnehmen sollte, konnte diese Schönheit entstellen. Trotzdem hätte ich es gerne fortgenommen, Claudia ohne das Taschentuch betrachtet, vielleicht einmal die Fingerspitzen auf ihr sicher kaltes Gesicht gelegt. Ich traute mich nicht, ging dennoch mehrmals in die Leichenhalle und betrachtete meine tote Klassenkameradin. Vor 45 Jahren starb dieses Mädchen. Es ist schön und auch traurig, heute an sie zu denken.
„Wir werden gemeinsam von Claudia Abschied nehmen“, erklärte unser Lehrer und instruierte die Klasse, wie wir uns auf einer Beerdigung zu verhalten hätten. Gemeinsam wollten wir am folgenden Tag auf den Kirchhof gehen und dem Begräbnis unserer Mitschülerin beiwohnen. Gleich morgens rannte ich auf eine Wiese, pflückte Wildblumen und Löwenzahn und vereinte die Pflanzen zu einem Strauß, den ich an Claudias Grab trug. Mitten auf ihrem weißen Sarg sollte mein bunter Strauß zum

Liegen kommen, erträumte ich am Rand der Grube ein ästhetisches Ideal, warf die Blumen konzentriert hinein und jubilierte innerlich. Mitten auf dem Sarg lagen sie. Wie ich es mir gewünscht hatte. Durch Geisterhand jedoch kullerten sie runter, lagen neben dem Sarg in der Grube, verschwanden unter geworfener Erde. Traurig und enttäuscht verließ ich den Kirchhof.

Volker & der Ranger

Waren wir auch Klassenkameraden, lebten Volker und ich doch in unterschiedlichen Welten. Als Rohdiamant von Einzelkind wohnte er bei seinen Eltern, die mit ihrem Tante-Emma-Laden und der Gaststätte nebst angeschlossenem Reitstall im Besitz einer Gelddruckmaschine waren. Ich hingegen lebte mit dreizehn Geschwistern und meinen Eltern in dem, was ich einige Jahre zuvor als „Saustall" bezeichnet hatte.

In eben diesem Lebensjahr geschah etwas Ungewöhnliches. Die unsichtbare, bisher gleichsam unüberwindbare Grenze zwischen Volkers und meiner Welt wurde brüchig. In der Schule lernten wir uns besser kennen, schätzten und respektierten uns bald. Volker wurde mein Freund, nein, er wurde „der Freund".

Oft schlug ich nun den Weg aus unserem Taubenschlag rüber zu Volker und in seine Welt aus bunten Spielsachen, Indianergewändern, Cowboyhüten und Pfeil und Bogen ein. Wir wurden wie Brüder und Volkers Eltern riefen mich bald wie einen Sohn zum gemeinsamen Abendbrot. Ich wuchs in die Familie hinein und sie luden mich sogarzu ihrem Heiligabend ein. Welch ersehnte Nestwärme verspürte ich unter ihrem Tannenbaum, beim gemeinsamen Abendbrot und auf den montäglichen Ausflügen ins Hallenbad nach Rain am Lech. Volker brachte mir das

Eines der Weihnachtsfeste mit Volker und seinem Vater.

Schwimmen bei. Es gelang und vor Freude gingen wir Pizza essen. Die Zuneigung und wohl auch die Liebe von Volkers Eltern musste ich mir nicht mit dreizehn anderen teilen. Volker und ich, wir waren beide ihre Kinder. So jedenfalls fühlte es sich für mich oft an.

Einen bedeutenden Unterschied zwischen uns gab es dennoch. Wollte ich Volker manchmal auf ein Abenteuer ins Freie locken, wimmelte sein Vater mich ab. Sein Sohn habe zu lernen. Sie zwangen ihn dazu, das wusste ich. Hatten Großes mit ihm vor. Wie sehr hätte ich mir von meinen Eltern eine solche Vision für mein Leben gewünscht. Aber das ging natürlich nicht. Wie viele Visionen hätten sie auch entfalten sollen?

Volkers Vater allerdings sah etwas in mir und sprach mich eines Tages darauf an.

„Ein Ranger zu sein, Günther", deutete er auf die Stallungen draußen vor dem Fenster, „würde dir das nicht Spaß machen?"

Ich dachte an die vierzig bis fünfzig Pferde, all die Ponys, Araber und Haflinger, die auf den Koppeln und in den Ställen des Anwe-

sens lebten. Dazwischen sah ich mich mit meinen acht Jahren und dem langen Haar. Wie ein echter Indianer würde ich aussehen. Das gefiel mir natürlich.
„Denke schon“, fühlte ich mich geehrt, Volkers Vater lachte mich an und erläuterte mir den Job. Gleich ging mir auf, wie genial der gebürtige Sudetendeutsche seine Gastronomie mit dem Reitstall verwoben hatte. Nach dem Reiten gingen die Gäste zum Essen. Mussten sie auf ihre Pferde warten, besuchten sie vorher und nachher die Gaststätte. Die Symbiose war perfekt und ich würde fortan meine Rolle darin spielen, die Pferde versorgen, einfangen, satteln und zu den Kunden führen. Jeder durfte hier reiten. Ich erklärte den Gästen den Ablauf, wies sie ein und rechnete natürlich auch ab. Für sogenannte „Karten“ konnten die Gäste jeweils eine halbe oder ganze Stunde ihr Glück auf den Rücken der Pferde genießen. Am Abend blätterte ich Volkers Vater, meinem Boss, schließlich meine eingenommenen Karten auf den Tisch. Es waren jede Menge.
„Mensch, Günther, klasse“, freute er sich, nahm die Karten an sich, zog sein Portemonnaie aus der Tasche und zahlte mich aus. Für jede Karte gab er mir eine Mark. Ich staunte, das war eine Menge Geld. Und täglich wurde es mehr. Daheim würde ich ein Versteck dafür brauchen, musste einen wahrlich geheimen Ort finden, was bei der großen Zahl der alles bei uns auf den Kopf stellenden Kinder nicht einfach sein würde. Nachdem ich eine Weile mit den Geldscheinen in meiner Tasche durchs Haus geschlichen und mich unauffällig umgesehen hatte, entschied ich mich für die rote Holzkiste in meinem Zimmer. In einem stillen Moment hob ich sie ein wenig an und klemmte die Geldscheine unter deren Boden, erst waren es Zehner und Zwanziger, bald Fünfziger und Hunderter.
„Günscheck, der Ranger, hat jede Menge Kies“, machte es den-

noch unter uns Kosicks die Runde und bald klopfte meine Mutter an die Tür. „Günther“, kam sie direkt auf den Punkt, „kannst du mir Geld leihen?“
Überrascht sah ich sie an, erbat mir etwas Bedenkzeit und holte vergeblich Rat bei meinen Geschwistern ein.
„Ey, gib ihr die Kohle, sie ist unsere Mutter“, drängte der eine, während andere mir dringlichst davon abrieten.
„Hey, Günscheck, die Scheine siehste nie wieder.“
Ich gab ihr das Geld. Allerdings nicht den gewünschten Betrag.
„Wie viel brauchst Du denn?“, hockte ich wie ein Nachwuchsbankier auf meiner roten Kiste.
„Vierhundert Mark wären gut“, sagte meine Mutter.
„Hab‘ ich nicht“, log ich und strich mir die Haare aus dem Gesicht. „Zweihundert kann ich dir geben.“
„Ja, das hilft uns“, nickte sie und ich machte ihr deutlich, dass es nun geboten sei, das Zimmer zu verlassen. Gleich ging meine Mutter hinaus, ich versetzte die rote Holzkiste in Schräglage und fummelte zwei Hunderter darunter hervor.
„Wiedersehen macht Freude“, reichte ich ihr grinsend das Geld und erhielt einige Zeit später tatsächlich die volle Summe zurück. Mein Entschluss, ihr anstatt der gewünschten vierhundert Mark lediglich zweihundert zu geben, war offenbar weise gewesen. Denn zweihundert lassen sich eben doppelt so schnell zurückzahlen wie vierhundert. Ich lächelte und klemmte die Scheine wieder ins Versteck.
Ich verdiente, so muss es gesagt werden, wie Sau. Abends schüttete ich fünfzig Karten auf den Tisch, Volkers Vater öffnete sein Portemonnaie, fummelte einen dieser braunen Scheine mit dem bärtigen Typen darauf heraus und drückte ihn mir in die Hand. Essen und Getränke waren sowieso kostenlos, ich fühlte mich sensationell.

„Na, dann wollen wir doch mal schauen, wer der beste Ranger ist."

Was aber war das? Einer der anderen Ranger, hörte ich, brachte neunzig Karten bei – und unser Spitzenreiter schüttete Volkers Vater bald den gewaltigen Haufen von 105 Karten auf den Tisch und stolzierte kurz darauf breitbeinig und noch breiter grinsend aus dessen Laden.

„Ich bin der beste Ranger!", ließ er uns wissen und ritt davon.

„Arschloch", waren wir uns einig. Am liebsten hätte ich ihm eine reingehauen, doch sein Grinsen trieb mich an. Richtig ärgern konnte ich unseren Superranger nur, wenn ich mehr Karten ranschaffte als seine 105.

„104", zählte ich eines Abends im Licht der untergehenden Sonne, rechnete nach und kam auf dieselbe Anzahl.

„Verdammt", wurmte es mich, mächtig viele Karten waren das, aber eben nicht genug, um unseren Spitzenreiter vom goldenen

Sattel zu stoßen. „Und um diese Zeit“, mutmaßte ich mit Blick auf den Sonnenuntergang, würde sicher niemand mehr reiten wollen.
Ich irrte mich. Plötzlich hörte ich mehrere Stimme, Lachen, dann Schritte. Eine Gruppe von acht Personen kam um die Ecke, fröhlich sprachen sie mich an.
„Können wir reiten?“
Ich freute mich diebisch. Ganze acht Karten standen da vor mir und alle wollten sie reiten. Kurzerhand schaute ich zur Koppel und erschrak.
„Also, ich habe“, sah ich mich mit bitterster Wahrheit konfrontiert, „im Moment nur vier Pferde hier. In dreißig Minuten kommen wieder welche rein.“
„Na, das ist dann nix“, traf mich die Antwort wie eine Reitpeitsche und ein Mann aus der Gruppe schaute fragend in die Runde. „Gehen wir hoch, was essen?“
Allesamt willigten sie ein, nahmen die acht Karten wieder mit und ließen mich am Rande der Koppel stehen. „Danke, Kleiner, mach dir ‘nen schönen Abend.“
Ich fluchte und ließ meinen Blick über die Koppeln schweifen. Was für ein großartiges Abenteuerland war es doch, in dem ich meine Tage zwischen den kraftvollen und ungestümen Pferden verbringen durfte. Ich liebte die Tiere, wie ähnlich sie mir waren und wie nahe. Meistens jedenfalls, jetzt nämlich waren vier von ihnen leider zu weit weg.
Doch da kamen sie bereits, näherten sich mit den Reitern darauf, waren gleich zurück. Schnell drehte ich mich um. Nichts war mehr von der Gruppe zu sehen. Die acht Karten waren weg.
„Verflixt“, hechtete ich in die Gaststätte, schaute mich hektisch um und fand die Gruppe bereits beim Abendessen im Biergarten sitzen.

„Ah, schon Brotzeit“, sprach ich sie atemlos an. „Wie schaut‘s aus, habt ihr noch Lust?“

„Jetzt nimmer“, wimmelten sie mich ab und schwatzten weiter. Kurz ballte ich die Indianerfäuste, jetzt musste ein Plan her. Meine Gedanken galoppierten, dann hatte ich es.

„Machen wir ein Geschäft“, unterbrach ich freundlich, wenn auch bestimmt die Unterhaltung und alle sahen mich an. Ich strich mein Haar aus dem Gesicht.

„Ihr kauft ´ne halbe Stunde und ich lasse euch drei Mal so lange reiten. Ihr müsst mir nur nachher helfen, die Pferde zurück in den Stall zu bringen.“

Volltreffer. Dem Deal konnten sie nicht widerstehen. Glücklich drehten sie eineinhalb Stunden ihre Runden. Ich quetschte weitere acht Karten in meine Hosentasche und blätterte meinem Boss schließlich 112 davon auf seinen Tisch.

„Günther“, freute er sich von Herzen, „das hat‘s noch nie gegeben. Du bist wirklich mein bestes Pferd im Stall.“

Auch wenn es etwas merkwürdig klang, dass ich Oberindianer den Namen Günther trug, so war es eben, und so galoppierte ich ohne Sattel und mit ganzen 112, - DM in der Tasche in den Abend hinein. Glücklicher kann man nicht sein.

„Günthi, Günthi“, bettelten gleich am folgenden Tag zwei Mädels. „Dürfen wir auch reiten?“

„Mädels, ihr dürft“, war es an mir, es ihnen zu erlauben. „Aber nachher helft ihr das Futter zu verteilen.“

Liebend gern taten sie das. Kicherten fröhlich, als ich ihnen zwei Pferde präsentierte. „Na los!“, half ich den beiden hinauf, sprang selbst auf einen Pferderücken und ritt mit wehenden Haaren voran. „Günthi, Günthi“, verloren sich ihre Mädchenstimmen traumhaft im Wind.

„Glücklicher kann man ...

... nicht sein" – meine Sabine und ich

Alfreds Matratze

Nicht immer war das Leben kompliziert. Meine erste Liebschaft, wo wohl lernte ich sie kennen? Auf dem Ponyhof!

Kam Sabine doch einher, gab mir ihre Karte im Tausch gegen ein Pferd und galoppierte davon. Der Staub hatte sich noch nicht gelegt, da freute ich mich bereits auf ihre Rückkehr. „Hey, Indianer", hatte sie mich genannt und tatsächlich kicherten wir später eine ganze Weile herum. Am nächsten Tag ritten wir gemeinsam aus, wie auch an den folgenden, dann allerdings nur noch auf einem Pferd und selbstverständlich ohne Sattel.

Das Glück der Tage verwandelte unsere Freundschaft in Liebschaft. Bald schon glühte es in uns. Ohne Sattel zu reiten war eines, das wussten wir, ohne Verhütung das erste Liebesspiel unseres Lebens zu entfachen, etwas ganz anderes. Wie undenkbar aber, sich mit dreizehn Jahren und zu konservativen Zeiten beim Frauenarzt die Pille verschreiben zu lassen. Also drucksten wir bei Schwester Helga in der Wohnung herum. Nach einer Weile und endlosen Momenten des Schweigens fiel irgendwann das Wort „Verhütungszäpfchen".

„Das kriegen wir hin", dachte ich, wir organisierten die Dinger und standen vor dem nächsten Problem. Wo sollten wir es tun? Der Pferdestall war uns heilig, außerdem wollten wir es nett und nicht so strohig haben. „Bei mir", schüttelte Sabine ihre rassigen Haare, „niemals. Wenn meine Eltern uns erwischen, sind wir tot."

Offenbar meinte sie das ernst. Dennoch musste ich lächeln. Meine Mutter hatte schließlich derart oft und wegen unterschiedlichster Vergehen gedroht und begonnen mich umzubringen, da würde ich im Zweifelsfall auch diesmal davonkommen. Außerdem wusste ich von meinen Geschwistern bereits, dass

Was für eine schöne erste Liebe – Sabine und ich („Günscheck“) auf einem Selfie, bevor es so etwas überhaupt gab.

sich daheim so einiges machen ließ, hatte immer gerne und mit breitem Grinsen das Schmiergeld verhandelt und eingesackt, wenn während der Abwesenheit von Harry und Lucia Liebschaften in unser Haus kamen. „Hier Günscheck, mach‘ mal für zwei Stunden die Biege“, hieß es dann und ich rührte mich nicht.
„Günscheck, ... bist du taub?“
„Ich könnte schon ...“, eröffnete ich jeweils kurz und griffig die Verhandlungen. Freiraum und Privatsphäre sind teuer. Bei vierzehn Kindern tun sich da hinter den elterlichen Rücken ganze Geschäftswelten auf. Immer wieder fiel auch das Wort „Mafia“. Besonders wenn der Trieb wuchs.
Während dies bei Sabine und mir der Fall war, bewohnte mein Bruder Alfred, die „Nummer 9“, ein Zimmer mit mir. Seinen Lebensrhythmus kannte ich, wusste, wann wir freie Bahn haben würden. Von dieser eigenartigen Romantik erfüllt, fieberten Sa-

bine und ich dem Zeitfenster entgegen. Alfred verließ das Haus und wir lernten die Liebe kennen. Ganz zauberhaft war das. Glücklich lagen wir uns in den Armen, kletterten irgendwann aus dem Bett und standen vor einem fiesen Problem.
„Blut“, stellte ich mit Blick auf mein Bett fest, „alles voller Blut.“
„Was denkst du denn?“, fragte Sabine als sei ich ein Depp.
Gar nichts hatte ich gedacht, was wusste ich schon von Entjungferung und irgendwelchen Häutchen. Während Sabine sich anzog, starrte ich auf das Blut.
„Oh man, alles versaut. Wenn Mudda das mitkriegt“, meinte ich bereits das Zischen von Lucias Kralle in der Luft zu vernehmen.
„Waschen wir das Tuch einfach“, schlug Sabine vor, gleich zogen wir es ab und während sie das Laken wusch, warf ich den alten Ölofen in meinem Zimmer an, um es anschließend schnellstmöglich daneben zu trocknen. Die Hitze im Zimmer wuchs und überstieg beinahe die unserer Körper im Liebesspiel. Es war Sommer, dazu der Ölofen und der Stress. „Jesus.“ Der indes stand uns bei und das Laken trocknete geschwind. Eben wollten wir es aufziehen, als ich sah, was mir bisher entgangen war. Auch die Matratze war versaut, das Blut tief eingedrungen. Ich biss mir auf die Lippen.
„Und nun?“, streichelte Sabine liebevoll meinen Rücken.
„Alfred“, sagte ich nur, „es ist jetzt seine Matratze.“
Flüchtig zuckte es um Sabines Mundwinkel, sie lächelte etwas schwerfällig und wir machten uns ans Werk. Geschwind lag eine reine Matratze in meinem Bett und wir überzogen sie. Unter Alfreds sauberem Laken allerdings versteckte sich nun Sabines Blut. Zwei Wochen lang, dann entdeckte meine Mutter die Lache.
„Was issen da passiert?“, raunzte sie mich von der anderen Seite des Zimmers an. Unschuldigen Blickes sah ich zu ihr herüber.

„Oh, Mudda", mutmaßte ich, „wahrscheinlich hat der Alfred sich wieder aufgekratzt und die ganze Matratze versaut."
Lucia sagte nichts mehr, schuftete die Matratze aus dem Zimmer und nahm sich dieser an. Und Alfred? Mir ist nicht bekannt, wie es mit seinem schlimmen Aufkratzen so weiterging. Du kannst mich ja mal anrufen. Als Einzelkind jedenfalls wäre der erste Sex nur halb so spannend und lustig gewesen.

Schnaps

„Hey Gonzo, was machen wir jetzt?", fragte ich zwölfjähriger Indianer meinen Kumpel. Es war Pfingsten und wir Jungs hockten neben einem der Pferdeställe auf dem Ponyhof.
„Saufen, Günscheck! Feuerwasser!", wusste er gleich eine Antwort. Verblüfft sah ich ihn an, überlegte kurz und hakte nach.
„Haste was?"
„Nö", erwiderte er, „aber mein' Mudda." Sie war Alkoholikerin, das wusste ich. Eigentlich eine tolle Frau, der Schnaps aber erdrosselte ihr Leben. Davon allerdings verstand ich damals noch wenig.
„Na, dann los", forderte ich Gonzo auf. Flink war er auf den Beinen, eilte los und kam mit einer Flasche Doornkaat zurück.
„Was issen das?", wollte ich wissen, obwohl wir das Zeug in jedem Falle getrunken hätten.
„Schnaps", klärte Gonzo mich auf und las vor, was auf der Flasche stand. „Dreifach gebrannt, 38 Prozent."
In Prozentrechnung war ich schlecht, nahm die Flasche und einen ordentlichen Schluck. Der Schnaps brannte. Die Pferde wieherten. Gonzo schluckte. Günscheck schluckte. „Oans, zwoa, gsuffa." Dann war das Ding leer.

„Und?“, fragte Gonzo.
„Und was?“, nuschelte ich.
„Wie geht‘s dir?“
„Keine Ahnung“, mutmaßte ich, sah kurz darauf sieben Männer mit sieben Karten auf uns zukommen und freute mich auf ein gutes Geschäft. Doch auch Gonzo saß plötzlich sieben Mal neben mir. Ich kotzte und kam irgendwie nach Hause. Dort aber war es auch nicht besser. Sieben Fernseher flackerten hinter fünf Dutzend Wäscheleinen mit 98 Unterhosen daran.
Ich legte mich ins Bett und verbrachte drei Tage meiner Pfingstferien dort. Plötzlich plagte mich ein Heißhunger auf Orangen und ich haute Erhard an.
„Hey, Bruder. Ich brauch‘ Orangen, sonst geh‘ ich kaputt.“
Erhard war nett und brachte sie mir. Hätte er auch lassen können. Natürlich vertrug ich die Früchte nicht und sie kamen, ohne in mir auch nur die geringste Farbe eingebüßt zu haben, umgehend wieder hoch. „Alkoholvergiftung“, diagnostizerte ich und fragte mich, wie es Gonzo wohl so ging.

Salzwasser

Mein langjähriger Freund Volker und ich sollten uns aus den Augen verlieren. Neue Freundinnen finden, getrennte Wege gehen, so ist das eben. Gleichwohl sind mir unsere großartigen Tage und auch die Visionen, die wir für den Ponyhof und Biergarten seiner Eltern entfalteten, unvergessen. Kleine Hütten wollten wir aufstellen, in denen die Gäste es sich nett machen und aus dem Tumult der Wirtschaft zurückziehen könnten. Offenbar nährte diese Vision sich ebenso aus unserer aufbrausenden Pubertät, wie aus meiner ungebrochenen Sehnsucht da-

nach, manchmal ein bisschen Privatsphäre genießen zu dürfen. Kein Rückzugsraum, nirgends. Zum ganz besonderen Samstagnachmittag, wohl war ich sechzehn oder siebzehn Jahre alt, erwuchs mir deshalb jener, an dem meine anwesende Familie sich zum Ellgauer Volksfest aufmachte. Alle hatten sich zum Abmarsch vor dem Haus versammelt, lediglich ich mich nicht gerührt. Lucia, welch gute Mutter, bemerkte dies tatsächlich.
„Günscheck, kommste nicht mit?"
„Nö, komme vielleicht nach", wimmelte ich diese und noch weitere Anfragen ab, hörte die ganze Bande davonrasseln und ließ mir Badewasser ein. Aus meinem Zimmer vernahm ich das Rauschen. Solche Geräusche hörte man sonst nie. Das Leise, Knisternde, Zirpende und Rauschende hatte bei uns keine Chance. An diesem Tag war das anders. Meine Familie schlug auf dem Volksfest sicher ordentlich Lärm. Daheim war es nun still.
Kaum war sie gefüllt, legte ich mich in die Wanne und schloss die Augen. Immer waren wir zu zweit, zu dritt oder viert in einer abschreckenden Soße aus Badewasser gewesen. Jetzt war ich allein. Wärme und Glück durchdrangen mich. Und welch göttliche Ruhe. Sicher war ich tot. Aber das Rauschen und plätschernde Wasser waren ja noch da.
Was für eine Kraft diese Stille mir schenkte, Sehnsüchte erfüllte. So etwas hatte ich bisher nicht erlebt. Es war einer der schönsten Nachmittage meines Lebens. Mehrmals ließ ich warmes Wasser nach, aalte mich darin. Meine Haut sah aus wie Greis. Schließlich träumte ich vom Ozean. Bisher hatte ich ihn nicht gesehen.
„Komm wir fahren nach Sardinien!", forderte Volker mich zwei Jahre später zum Urlaubsbeginn auf.
„Italien voraus", saßen wir nur wenige Stunden später im himmelblauen Audi. Meinen Käfer hatte leider ein Lastwagen ins

Mit Volker und dem „Himmelblauen" auf dem Weg nach Sardinien.

Drei Mal „Muckibude" in der Woche sah man mir an.

Jenseits befördert, der Audi schloss sich in seiner Eleganz aber nahtlos an. Nie zuvor hatte ich das Meer gesehen oder mich in die Wellen gestürzt. Wer von uns hätte Harry und Lucia auch anspornen wollen, mit sechzehn Leuten einen schicken Familienurlaub am Meer zu verbringen? Umso stürmischer und offenen Mundes stürzte ich mich in die Fluten, um beinahe zu erbrechen. Eben noch hatte Volker mich warnen wollen. „Günscheck, denk dran, das Wasser ist ..."
Da entdeckte er zwischen zwei Wellen bereits mein von Ekel verzerrtes Gesicht und sprach das Wort „salzig" gar nicht mehr aus.

Nicki

Montags war Ruhetag. Wir sahen uns nach neuen Pferden um und kümmerten uns um den Nachwuchs. 20, - DM gab es für jede trächtige Stute. Kein leicht verdientes Geld, musste man sich angesichts des stürmischen, die Stuten durch seine Geilheit reihenweise in die Flucht schlagenden Deckhengstes Nicki doch einiges einfallen lassen.
Wie üblich huschte auch die schmächtige Stute an meiner Seite aufgeregt vor Nicki davon. „So wird das nichts", sah ich ihr nach, mein Blick fiel auf eine der spitz zulaufenden Koppeln und ein Plan war geboren. Siegesgewiss schnappte ich mir eine Schaufel, hub kurz vor der Spitze der Koppel eine Kuhle aus und trieb die Stute in die Ecke. Ihr Hinterteil wackelte dank meiner Vorarbeit ordentlich tief und ich ließ Nicki los. „Spitz wie Nachbars Lumpi" drängelte der Deckhengst die Stute in den spitzen Winkel. Erst war Nicki glücklich, gleich darauf die Stute. Und, als das Fohlen das Licht der Welt erblickte, Volkers Papa und ich.

„Glückwunsch“, gratulierte ich Nicki zur erneuten Vaterschaft und schüttete einen Sack Hafer vor ihm aus. „Ob du es wohl auch schon auf vierzehn Kinder gebracht hast?“, lächelte ich und bewunderte wie schon so oft den kraftvollen Haflinger.
Wie gerne würde ich ihn einmal reiten, träumte ich, aber niemand tat das. Sein Leben war das Decken der Stuten, nichts außer Sex sollte ihn auspowern. Somit war Nicki auch niemals eingeritten worden. Er brannte förmlich im Blut. Aggressiv und unkontrollierbar sah der Haflinger mich an, wenn ich in seine Box kam. Das tat ich bald täglich und wir beobachteten uns genau.
„Machen wir einen Ausritt?“, fragte ich spaßhaft.
Mehrmals schnaufte Nicki zur Abschreckung, ich näherte mich ihm nicht weiter und schüttete eine neue Ladung Hafer vor ihm aus. Gleich begann er zu fressen und für eine Weile schaute ich ihm dabei zu. Wir würden Freunde werden, das spürte ich, aber unsere Freundschaft brauchte Zeit. Ich gab sie ihm, näherte mich Nicki, strich ihm über das Fell, sah dem Haflinger tief in die Augen. Nach einigen Wochen sattelte ich Nicki. Er ließ es zu. Sanft und freundschaftlich auf ihn einredend, stieg ich auf. Wie leicht hätte er mich durch ein kraftvolles Aufbäumen in die Ecke der Box und den Genickbruch schleudern können. Nicki tat es nicht. Wir waren nun Freunde.
Für eine Weile saß ich auf seinem Rücken, stieg schließlich ab und ritt mit „Lady“ zur Gaststätte herüber. Schon von weitem sah ich Volkers Vater. Er winkte und ich ritt zu ihm.
„Sind Sie gleich noch hier?“, rief ich ihm aufgeregt zu.
„Ja, sicher“, freute er sich, mich zu sehen. Doch da galoppierte ich bereits zurück zum Stall, lief zu Nicki und erklomm den Sattel. Wie ein Held ritt ich auf Volkers Vater zu. Er fasste nicht, was sich ihm darbot. Ich selbst kann es heute kaum glauben.

„Günther, ich vertraue dir", gab mein Boss mir kurz vor Pfingsten seine Hand und ließ den darin liegenden Schlüssel in die meine gleiten. „Wir sind die nächste Woche in den Ferien. Du wirst das hier schon schaukeln."
Zwölf Jahre alt war ich damals.

Beinahe fünfzig Pferde gaben sie in meine Obhut, außerdem die Schlüssel für die Gaststätte und das Wohnhaus. Selten war ich so stolz und glücklich gewesen, betrachtete den Schlüssel in meiner Hand, spürte das Vertrauen und die gewaltige Wertschätzung, die sie mir entgegenbrachten. Welch grandioser Moment.
Gleichwohl sprach es sich sofort herum, dass ich den Schlüssel besaß und die Blutegel und Zecken ließen nicht lange auf sich warten.
„Hey, Günscheck", drängte mich bald eine ganze Meute von Jugendlichen, „schließ mal auf, Alter. Wir machen Party! Das gibt 'nen Tanz auf dem Saal!"
„Und Freibier!", jubilierte der nächste, freute sich aber zu früh.
„Vergesst es", ließ ich die Meute abblitzen, entzog mich ihrem Drängen und ritt davon. Volkers Vater schenkte mir sein gan-

zes Vertrauen, für nichts in der Welt hätte ich ihn enttäuscht. Täglich versorgte ich die Pferde, verkaufte die Reitstunden und blätterte ihm zum Ende der Ferien 3.000, - DM auf den Tisch. Dreihunderfünfzig schob er sogleich zurück, richtete sich auf und schaute mich an wie einen Sohn.
„Günther", höre ich noch heute seine Stimme, „ich kann dir gar nicht genug danken. Es ist wirklich schön, dich bei uns zu haben."
Gerührt sah ich ihn an, wollte eben das Geld nehmen, als er noch zwei Geschenke dazulegte. An einer goldenen Kette baumelte als mein Sternzeichen ein Krebs, ein oranges T-Shirt trug das Zeichen des Ferienhofes, auf dem sie ihren Urlaub verbracht hatten. Es wurde mir zum Prächtigsten meiner Kleidungsstücke. Ich legte die Kette an, doch bald würde ich diesen wundervollen Ort verlassen müssen. Konnte und wollte nach dem Beginn meiner Lehre nur „einem Gott dienen", wie ich spürte, und stand mit sechzehn, nach ganzen acht Jahren unter diesen Menschen und Tieren, Volkers Vater gegenüber.
Er war enttäuscht und traurig.
„Das beste Pferd im Stall wirft das Handtuch", sagte er nur, schickte mich raus, sprach lange kein Wort mit mir. Konnte meinen Entschluss zu gehen nur schwer ertragen. Ganz so, als verlasse ihn ein Sohn.

Die „Eins"

„Und wieder ein Kosick", begrüßten mich gleich mehrere Lehrer auf der Hauptschule. Dann wüssten sie ja, was sie von mir zu erwarten hätten.
Wie ich den Tonfall dieser Lehrerschweine hasste. Woher ihre Bösartigkeit und Machtgier auch immer rührte, ich musste mit

ihnen zurechtkommen, die Versetzungen hinter mich bringen, ohne abzuschmieren. Unsere Mutter hatte das Wort „Sonderschule" ja deutlich genug in mein Gehirn gemeißelt.
Immerhin half Lucia, wo sie konnte. Ganz auf ihre Art. Gab es Zoff mit einem Lehrer, stürmte meine Mutter in die Schule, riss die Tür des Lehrerzimmers auf, verlangte umgehend nach einem Gespräch mit dem zuständigen Lehrer und machte diesen schnurstracks zur Sau.
Schreiben konnte unsere liebe Mutter nur schlecht, war das Erlernen von Kulturtechniken doch in den Kriegswirren und auf der Flucht aus Rumänien zerrieben worden. Dennoch hatte sie meine Lehrer mit ihren Argumenten am Kragen, schüttelte sie mit ihrer Generalstimme durch, wandte sich nach erledigter Sache ab und ging heim. Schulbildung fehlte meiner Mutter, ihre Lebensbildung indes vereinte auf wundersame Weise Liebe und Betonfaust.
Selbstverständlich bin ich ihr dankbar für den Einsatz, verneige mich vor Mut und Tatendrang, leichter allerdings wurde meine Situation dadurch nicht. Denn hatten die Lehrer meine Mutter überstanden, schossen sie wie scharfgemachte Handgranaten in die Klasse und ließen ihre Fragen und Gemeinheiten vor mir explodieren.
„Günscheck, weiß du es nicht? Na, hätte mich auch gewundert. Aber eine Chance hast du noch", durchlöcherten mich die Lehrer. „Nenne mir mal die ersten fünf Elemente im Periodensystem. Ach ja, und vergiss nachher nicht, deiner Mutter einen schönen Gruß auszurichten."
Den Gruß würde ich wohl übermitteln. Das Periodensystem und dessen Darstellung aller chemischen Elemente nebst steigender Kernladung und entsprechender Eigenschaften, eingeteilt in Perioden sowie Haupt- und Nebengruppen, war mir aller-

dings damals gerade entfallen.

„Hmmmm", strich ich durch mein lockiges Haar. Die Mädchen mochten das, was wiederum ich schätzte.

„Na, Kosick", zischte der Lehrer. „Wird's noch was?"

„Ist mir gerade entfallen", tischte ich ihm auf und wuchs dann unter den Blicken der Mitschüler über mich hinaus.

„Aber ich wette", servierte ich meinem Lehrer einen Vorschlag, „dass ich in der nächsten Klassenarbeit eine Eins schreibe."

Dreißig Mitschüler starrten mich an. Meine Viererlaufbahn nebst Steilkurven vor den Versetzungen war ihnen allen bekannt. Meine Wette, eine Eins zu schreiben, musste ihnen erscheinen, als wolle ich mich zur Sonne aufmachen. Wie Ikarus würde ich, herrschte Einstimmigkeit, abstürzen, noch bevor ich eine Drei erreicht hätte.

Der Lehrer schwieg, lächelte fies und nahm die Wette an.

„Gut, Kosick, da wette ich mit. Eine Eins, nie!"

Wie ein Typ aus Bonanza ging ich daheim an allen Geschwistern vorbei, ignorierte die Filme hinter den Socken, verbannte das Schwarzfischen und sämtliche Baumhäusle aus meinem Tag und legte mich mit dem Chemiebuch aufs Bett. Einige Sonnenstrahlen kitzelten mich an der Nase. Sie wollten mich ins Freie locken, raus ins Abenteuer. Ich aber widerstand der Versuchung und blätterte im Buch, bis ich eine mit zahllosen Beschriftungen versehene Abbildung entdeckte. Auch diese wurde nun von den Sonnenstrahlen gekitzelt und ich las die Überschrift: „Periodensystem der Elemente (PSE)".

„OK, das ist es", befand ich, damit würde der Lehrer uns bei der nächsten Arbeit quälen. Genau so etwas liebten diese gemeinen Hunde schließlich. Endlose Stunden musste man auswendig lernen, krude Abkürzungen, vermutlich ohne Sinn und Verstand. Ich lernte trotzdem. Lernte, lernte und studierte auch die umliegenden Seiten. Wenn ich es richtig verstand, war die ganze Welt aus den Elementen des Periodensystems zusammengesetzt. Alles steckte da drin – sogar Baumhäusle, Forellen, Mofas und Kampfroboter. Das gefiel mir und ich lernte weiter, bis der Chemielehrer den Test austeilte und ihn mit kritischem Blick auch unter meine Nase schob. Gleich schnappte ich mir das Blatt und überflog es. „Erkläre das Periodensystem ... Nenne Beispiele ... Beschreibe dessen Entstehung." Das konnte ich, brannte regelrecht für die Arbeit, beantwortete wie im Walzerrausch die Fragen und fand mich mühelos in Haupt- und Nebengruppe zurecht. Zufrieden gab ich die Zettel ab.

„Kosick, eine Zwei plus", gab der Lehrer sie mir einige Tage später zurück. „Eine gute Leistung. Für eine Eins hat es aber nicht gereicht. Ich habe die Wette gewonnen."

Enttäuscht betrachtete ich die rote Zwei mit dem „+" daneben und spürte sogleich, wie dumm es gewesen war, mit dem zu wetten, der auch die Bewertungen vornahm.

„Fast hättest du es ihm gezeigt, Günthi", gesellte sich Gisela in der Pause zu mir.

„Ja, fast", antwortete ich zornig.

„O' zeig' doch mal deine Arbeit", forderte Gisela mich auf und ich gab sie ihr. Gleich zog sie auch ihre hervor und wir verglichen die Antworten.

„Schau mal, Günthi", klopfte sie mir plötzlich fröhlich auf den Rücken, „das ist bei mir richtig und bei dir ..."

Ich beugte mich herunter und schaute.

„... hat er es als falsch angestrichen."

„Der Arsch", zischte es aus mir heraus und Gisela lachte.

„Komm", war sie ungleich konstruktiver als ich. „Wir gehen mal hin."

Das taten wir. Mit zunehmender Zerknirschung betrachtete der

Chemielehrer unsere Arbeiten, kaute kurz auf einigen wackligen Argumenten für die unterschiedlichen Bewertungen herum, zappelte, saß am Haken wie die Forellen beim Schwarzfischen und strich meine „Zwei“ durch.

„Gut, Kosick“, sagte er trocken, „es ist eine Eins. Gut.“

„Sehr gut“, verbesserte ich.

Er nickte. „Ja, Kosick, sehr gut.“ Gisela und ich gingen in die Pause. Küssen hätte ich sie können. Wie überhaupt damals die Zeit des Küssens und Begehrens begann.

Königlich freute ich mich über meine Eins und wusste nun, wie es mir durch Lernen gelingen könnte, meine schulische Laufbahn ordentlich aufzupolieren. Dumm war ich offenbar nicht, nur faul und verträumt. Trotz dieser Erkenntnis ließ ich alles beim Alten. Jetzt, wo überall die Hormone trommelten und pochten, sollte ich mit dem Pauken beginnen? Undenkbar. Wer das Lernen in der Grundschule nicht aufgesogen hat, fängt in der Pubertät sicher nicht damit an.

So hockte ich weiterhin in der letzten Bank. Dort setzten die Lehrer die schwachen Schüler hin, waren sie los und genossen den Unterricht mit den Klugen, Altklugen und Strebern aus den ersten Reihen. Alle Kosicks, lässt sich wohl mit Fug und Recht behaupten, saßen in den letzten Reihen.

Neidisch schaute ich von dort auf künftige Realschüler und Gymnasiasten und sehnte mich nach einer höheren Schulbildung. Gleichzeitig wusste ich, dass mein Lebensweg seit dem ersten, neben dem Mutterkuchen ausgerufenen Schrei vorbestimmt war. Wer schaffte es schon aus einem „Saustall“ auf's Gymnasium? Ausnahmen in Ehren, mir jedenfalls fehlte die Willenskraft und ich schloss meine Schullaufbahn mit der Hauptschule ab. Umso mehr freute mich, was ganz viele Jahre später geschehen sollte.

Nach einer Malerarbeit unterhielt ich mich lange mit dem Kunden, saß angeregt mit dem älteren Mann beisammen. Seit unserem Kennenlernen hatte er mich beeindruckt, seine freundliche und gewählte Art zu sprechen, sein gelehrtes, doch keineswegs hochnäsiges Auftreten. Mit Professoren mochte er sonst seinen Tee einnehmen, nun aber saßen wir beisammen und hatten uns nach erstem Plaudern immer weiter in den Weltlauf hineinphilosophiert. Als ich mich nach zwei Stunden in meiner Malerkluft erhob und verabschiedete, sah der Mann mich an.
„Herr Kosick, Sie wissen schon“, begann er, „wie wenig Ihre Art des Sprechens und Denkens mit Ihrer Schulbildung in Einklang zu bringen ist?“
Für einen Moment verstand ich nicht recht, was er meinte. Kam dahinter und freute mich über meine oftmals sperrige, die Welt hinterfragende Art zu denken.
„Sicher fehlt Ihnen ein entsprechendes Studium als Grundlage“, fügte der Mann vorsichtig hinzu. „Aber Sie, mein lieber Herr Kosick, sind ein richtiger Philosoph. Jedenfalls nehmen Sie sich die Welt mit Ihrem Denken ganz in diesem Sinne vor.“
Seine Worte ehrten mich, wenn mir auch erst später deutlich wurde, in welcher Weise Philosophen die Welt auf unterschiedlichste Weise analysieren und mit ihren Kollegen in streithafte Diskurse verfallen. Das gefiel mir. Die Welt und das Leben sind so unendlich wertvoll, darüber sollte man schon streiten dürfen.
„Nehmen Sie dies als Geschenk von mir, lieber Herr Kosick“, reichte der Mann mir zum Abschied ein Buch. „Das müsste Ihnen eigentlich gefallen.“
„Sie sind wirklich ein netter Mann“, freute ich mich und betrachtete das Buch.
„Die großen Philosophen“, stand darauf. „Eine Einführung in die

Philosophiegeschichte."
„Meine Hausaufgaben?", reichte ich ihm vergnügt die Hand.
„Ja", nickte er. „Viel Vergnügen damit. Ich freue mich bereits auf die nächste Wand, die Sie bei mir gestalten."
Mit dem Buch in der Hand ging ich zum Auto und setzte mich hinein, ohne den Motor zu starten. Erneut betrachtete ich den Titel, schlug das Buch auf und las die Namen der berühmten Philosophen. Nachdem ich wahllos eine neue Seite aufgeschlagen hatte, fiel mein Blick auf einen hervorgehobenen Abschnitt.
„Bildung ist das, was übrig bleibt, wenn man alles, was man in der Schule gelernt hat, vergisst", las ich, schmunzelte und fuhr glücklich heim.

„Ich werde Maler"

„Ich will Maler werden", eröffnete ich meinen Lehrern und Eltern bereits in der siebten Klasse. „Und wenn du keinen Malerjob kriegst?", hakte meine Lehrerin beinahe störrisch nach.
„Dann werde ich eben Vergolder", antwortete ich prompt, „bis eine Malerstelle frei ist."
Während ich in der Schule lediglich das Ziel gehabt hatte, nicht wie meine Geschwister sieben, acht, neun und so weiter auf die Sonderschule abzuschmieren, wusste ich nun genau, was ich wollte. Der Beruf des Malers gefiel mir. Ich liebte Farben, spürte einen ganzen Vulkan an Kreativität in mir und wollte damit in die Welt. Eine Lehrstelle würde ich schon finden. Ganz allein, ohne auf die Hilfe meiner Mutter angewiesen zu sein. All meine Geschwister hatte sie an die Hand genommen, war mit ihnen zu den Betrieben marschiert und vorstellig geworden. Mit Erfolg. Welch unfassbare Leistung, dreizehn Kinder nach Ende

ihrer Schulzeit und mit teils übelsten Zeugnissen in einer Lehre unterzubringen. Mutter gelang es und leicht hätten wir ein eigenes Dorf namens Kosickhausen gründen konnen. Meine Geschwister wurden Metzger, Mechaniker, Bäcker, Zimmermann, Schreiner und Maurer. Auch waren gleich mehrere Verkäuferinnen unter uns. Wir Kosicks boten das volle Programm. Wie immer schon.

Meine Malerlehre sollte dieses abrunden. Wie schade indes, dass zum Beginn meiner Ausbildung einige meiner Geschwister nicht nur ihre Jobs bereits wieder verloren, geschmissen oder in den Sand gesetzt hatten, sondern teils auch auf schiefe Bahnen geraten waren. Geradezu verflucht schien es zu sein, denn war auch nur die geringste schiefe Bahn vorhanden, schlitterten sie runter, klammerten sich an Alkohol, ältere Männer, gerieten in Streit mit unserer Mutter oder mussten von ihrem Lehrmeister, meinem Vater und mir in einer Nacht-und-Nebel-Aktion aus den Fängen einer Drückerbande befreit werden. Noch heute sehe ich uns am späten Abend in einen Nachbarort fahren. Dort hatten die Bandenchefs meinen Bruder und weitere Jungspunde, ausgestattet mit Koffern voller Abo-Verträge, das Dorf durchkämmen lassen. Wer nicht genügend Abos erntete, wurde einfach dortgelassen. Wir allerdings fischten meinen Bruder vorher ab, nahmen ihn mit heim und unsere Mutter gab alles, um ihn von der schiefen Bahn wieder in die richtige zu schmettern. Einige von uns Kosicks taumelten in dieser Weise durchs Leben. Waren eigentlich ausgezeichnet in dem, was sie gelernt und einige Jahre praktiziert hatten. Dann kamen die schiefen Bahnen, sie rutschten, kletterten wieder hinauf, einige rutschten erneut. Eine Stetigkeit in Job und Familie erreichten nur wenige von uns.

„Mutter ist schuld."

„Vater ist schuld."

Das nenne ich mal ...

... eine „richtige Familie“ (auch, wenn natürlich nie alle da waren).

Wie oft hörte ich das aus den Mündern meiner Geschwister. Doch gefällt es mir nicht. Unglaubliches haben unsere Eltern geleistet. Uns vierzehn aus dem Blut der Hausgeburt bis in die Lehrstelle zu schaukeln, das mache erst mal einer nach. Natürlich geht es nicht immer piekfein zu, wenn ein Regiment ins Leben marschiert. Von vierzehn Kindern will ich da gar nicht reden, aber das schwierigste Geschäft im Leben ist eben das Gründen der eigenen Familie. Ein teures Auto kann ich bei Geldnot wieder verkaufen, überhaupt alles auktionieren lassen, was irgendeinen Wert hat. Meine Kinder aber kann ich nicht unter den Hammer bringen und zu Geld machen. Sie kriechen auch am nächsten Morgen wieder auf der Suche nach sauberer Kleidung, Wasser und Nahrung aus den Betten, war die Nacht der Eltern auch noch so unruhig. Denn wie oft schliefen Harry und Lucia schlecht, weil natürlich immer einem von uns ein Furz quer saß oder die Masern im Gesicht standen. Ganze Jahrzehnte machten wir ihnen die wohl verdiente Nachtruhe zur Hölle. Ich hätte in ihrer Situation, ging es mir manchmal zynisch durch den Kopf, sicher mindestens sieben von uns im Lech ersäuft. Wenngleich auch der halbe Trubel immer noch enorm gewesen wäre.

Harry und Lucia taten dies nicht, brachten nicht einen von uns um die Ecke und auf diese Weise in Gottes Hand, sondern ließen uns allesamt festlich gekleidet die geheiligten Gaben von Brot und Wein empfangen. Die Kommunion ging als das wohl bedeutendste Fest der frühen Jahre in unser aller Leben ein. Elegant und sauber gekleidet, die Haare der Jungs von Vater mit seinem doppelten Handkantenschlag versehen, begingen wir Jahr für Jahr diese, besonders für unsere Mutter, einzigartige Feier. „Die ollen Kerzen von der Kirche", so knapp das Geld auch war, wollte Lucia nicht kaufen. „Bloß nicht das nackte Ding“, befand meine Mutter und erwarb ein jedes Jahr deutlich teurere und hübschere Kerzen. Nach der Kirche dackelten wir zum Fotografen, meine Eltern zahlten und trugen auch das wunderbare Foto heim, das mich im blauen Samtanzug am Tage meiner Kommunion zeigt. Ich war der einzige von uns Kosicks, der einen nagelneuen Samtanzug bekam, warum auch immer. Allerdings war ich auch der Einzige, der ein Jahr auf seine Kommunion warten musste.

„Das Geld ist zu knapp. Wir können nicht jedes Jahr eine Kommunion stemmen“, hatte meine Mutter dem zuständigen Pfarrer eröffnet und hinzugefügt, dass im kommenden Jahr meine Schwester an der Reihe sei. Da könne man doch beide Kommunionen prima zusammen feiern.

Der Pfarrer schüttelte den Kopf. Natürlich gehe das nicht, schließlich lasse sich an der Reife zur heiligen Kommunion nicht einfach herumpfuschen. Meine Mutter sah das anders. Und auch der Pfarrer war nach einer halben Stunde ganz ihrer Meinung.

Der Samtanzug war wirklich klasse. Wie gerne allerdings hätte ich die Kommunion mit meinen, diese nun ein Jahr vor mir begehenden Klassenkameraden gefeiert. Wie aus dem Ei gepellt stand ich nun neben meiner ebenfalls hocheleganten Schwester, unserer „Nummer 11“, und in den Bänken wurde eifrig gewitzelt, wir seien sicher ein Hochzeitspaar. Grausam. Dann kamen Wein und Brot.

„Der Zehnte ist nicht vom Kosick“, flüsterten auch in der Kirche einige Gäste, wie dieser Satz überhaupt im Dorf immer wieder fiel. „Der Zehnte ist nicht vom Kosick.“

Der gemeine Kosick, so wusste man in Ellgau, sieht aus wie die Mutter. Die anderen dann eben wie der Vater. Auch ich ließ ei-

Kommunion mit Christine

nige seiner Gesichtszüge sehen, wirkte sonst allerdings, und bei vierzehn Kindern mag dieser Begriff angemessen sein, eher artfremd. Meine Locken verliehen mir etwas Südeuropäisches, womöglich auch zigeunerhaft Rumänisches. Gleichsam waren meine Gesichtszüge weicher und sensibler als beim gemeinen Kosick und durch meine zur Kinderzeit meist langen Haare wirkte ich manchmal mädchenhaft.

„Wo ist denn das nette Mädel?", sprach eine Kundin meine Mutter dann auch einmal im Dorfladen an. Grimmig schaute ich mit meiner neuen Frisur zu der Frau auf. Sie musste mich vor einigen Tagen gesehen haben, doch fegte der Friseur wohl gerade meine dunklen Locken auf seinem Fußboden zusammen. Jetzt stand ich hier: Günscheck, der Bua.

„Nicht nur raussaugen“

„Mach mal deine Bewerbung fertig, dann geh‘n wir da rüber.“ Neun Mal hatte meine Mutter diesen Satz bereits gesagt, bevor sie ihn im Jahr 1980 an mich richtete.

„Günther, du kennst ja Malermeister E. Ist gleich hier um die Ecke, praktisch und gut. Das wird schon passen.“

Nichts würde passen. Ich spürte das genau. Hatte den besagten Malermeister einst beim Verlegen eines Teppichs in unserem Haus beobachtet. Wie er sich bewegte, was er sagte und auch sein Aussehen, nichts davon hatte mir gefallen. Harmonie und gute Zusammenarbeit würden da sicher nicht aufkommen.

„Zu dem will ich nicht“, pinselte ich einen dicken Strich durch Mutters Plan, ließ sie zornig und ungläubigen Blickes in der Küche stehen, trottete zur Telefonzelle an der Hauptstraße und platzierte einen Stapel Zehnpfennigstücke oben auf dem Telefonkasten. „Und los“, überwand ich mich, ließ zwei Münzen durch den Schlitz ins geheimnisvolle Innere des Kastens rutschen und wählte die zuvor notierte Telefonnummer des Malermeisters Mann.

Der Betrieb war sieben Kilometer entfernt, das aber war mir egal. Ich wollte zu „Mann“ und dort läutete es jetzt.

Tuuuuuuuut. Tuuuuuuuut. Tuuuuuuuut.

Dann „klack“ und eine Männerstimme.

„Malermeister Mann.“

„Grüß Gott, Herr Mann“, klang meine Stimme noch etwas mickrig. „Hier ist Kosick, Günther.“

„Ja?“, hakte „Mann“ sogleich nach und ich kam zur Sache.

„Sie haben ja einen Malerbetrieb und da würde ich mich gerne vorstellen.“

„Bua, Bua“, sagte er, „i hab schon zwoia, die wo sich vorstellen

und eigentlich will i nur zwoia. Du wärst der Dritte."
Wie eine Abreibung durchfuhr mich die Enttäuschung. Gleich hätte ich das Telefonat beenden können, aufgeben, aber ich riss mich zusammen und biss mich mit Argumenten durch.
„Aber Herr Mann, bei dreien ist doch die Auswahl größer. Darf ich mich nicht trotzdem vorstellen? Es kostet Sie ja nix."
Das gefiel ihm. Er konnte nur gewinnen und willigte ein. Schließlich saß ich Herrn Mann an einem Samstagnachmittag gegenüber. Gleich war er mir sympathisch, wollte einiges über mich wissen, über die Schule, was ich so tat und wann mein Geburtstag sei.
„Der 4. Juli", antwortete ich und verspürte ein kurzes Innehalten bei meinem Gegenüber.
„Ja, Günther", redete Herr Mann schließlich vorsichtig um den Brei herum, „die anderen haben sich ja schon länger beworben und ich muss wohl denen die Lehrstelle ..."
„Mist", begann mein Denken Kapriolen zu schlagen und spuckte eine gute Idee aus.
„Herr Mann", eröffnete ich ihm noch, bevor er seinen Satz beendet hatte. „Ich möchte Ihnen ein Angebot machen. Ich arbeite Ostern und Pfingsten bei Ihnen. Kostenlos versteht sich."
Interessiert zupfte Herr Mann an seinem Hut herum. Offenbar gefiel ihm mein Vorschlag. Eine kurzes Schweigen, plötzlich die Steilvorlage. „Das machen wir. Das haben die anderen zwei nicht angeboten." Umgehend machten wir einen Treffpunkt aus und ich hatte meine Chance.
„Ach ja", gab Herr Mann mir mit auf den Heimweg, „damit du es weißt. Ich habe auch am 4. Juli Geburtstag."
Wir lächelten uns an. Ostern und Pfingsten schuftete ich. Herr Mann war angetan von meiner Arbeit, ließ mich jedoch, gemeinsam mit einem der anderen beiden Bewerber, erneut Pro-

bearbeiten. Der dritte Anwärter hatte sich für ihn erledigt, jetzt waren wir beiden eifrig dabei, Manns Auto zu putzen. Glänzte sein Wagen, das wusste ich, würden auch Manns Augen glänzen und mein Lehrvertrag wäre gemachte Sache. Plötzlich jedoch riss mich ein Nörgeln aus meinen Gedanken.
„Der Scheiß langt doch jetzt“, ließ mein Mitbewerber seinen Schwamm in den Wassereimer plumpsen. Während ich die Radkappen polierte, schaute ich kurz zu ihm herüber und fand sämtliche gute Laune auf seinem Gesicht von der Arbeit erstickt. „Der packt es nicht“, wusste ich gleich.
„Wenn wir putzen sollen, sollen wir putzen“, erwiderte ich und brachte die Kappen zum Funkeln. Da schon zog der Rauch der Zigarette an mir vorbei, die mein missmutiger Mitbewerber sich angesteckt hatte.
Mit seiner Zigarette ging sein Lehrvertrag in Flammen auf. Ich jedoch wedelte noch am selben Abend meiner Mutter stolz mit meinem Lehrvertrag vor den Augen herum. Wer als einer von vierzehn durchkommt, wird mit zwei Mitbewerbern eben locker fertig. Wäre ja gelacht.
„Sehr gut, Günther“, funkelte ein kurzes Lob aus meiner Mutter heraus, dann ging sie wieder zur Geschäftsordnung über.
„Wer verdient, muss Geld zusteuern. Weißt du ja, Günther.“
Ich wusste und hasste es. Hatte ich doch das hilflose Sichsträuben meiner neun Vorgänger erlebt, die zur Erhaltung unseres Kosickuniversums nichts von ihrem Lohn rausrücken wollten. Mutters Devise allerdings war knallhart. „Nicht nur raussaugen, sondern auch Fleisch reintun in den Familientopf.“ Jahrelang habe sie uns durchgefüttert, stellte sie klar, „jetzt zahlt ihr mit.“ Widerworte, bellendes Schimpfen. Mutter ließ sich nicht beirren. Wer sich weigerte, fuhr bei seinem nächsten Bankauszug aus der Haut. Hatte sie das Konto doch einfach abgeräumt.

Schließlich besaß Lucia eine Vollmacht, bis meine Geschwister erwachsen waren. Noch heute höre ich deren Flüche. „Die blöde Kuh, die Alte, hat mein Geld einfach eingesackt."
Flüche. Jede Menge davon. Doch dabei blieb es. Niemandem meiner Geschwister gelang es, Mutters Schraubzwingen zu entwischen. Wie nur, wummerte es in meinem Kopf, könnte ich es schaffen?
Immer auf der Suche nach einem Geschäft, sprach mich am folgenden Tag ein Bekannter von der örtlichen Bank auf der Straße an. „Sag mal, Günscheck, hab' gehört, du hast 'ne Lehrstelle?"
„Ja, stimmt schon. Wieso?"
„Brauchst du nicht ein Konto für dein Lehrgeld?", lächelte der Bankangestellte freundlich. „Soll ich dir eines einrichten?"
„Das können wir machen", begann ich, einen Plan zu entfalten. „Allerdings nur unter einer Bedingung."
Er stutzte, schaute dennoch interessiert.
„Sie bringen es fertig", eröffnete ich ihm seine Chance, „dass meine Mutter keinen Kontozugriff hat."
„Das wird nie so gemacht", brachte mein Vorschlag seine Routine ins Zittern. „Wie soll das gehen? Sie muss ja unterschreiben."
„Ein einfacher Trick", half ich ihm auf die Sprünge. Schließlich kannte ich meine Mutter nur zu gut und wusste, wie sie sich verhalten würde. „Sie müssen ja sowieso zu uns kommen, weil Mudda zustimmen muss", sagte ich ihm. „Dann verwickeln Sie sie ins Gespräch und lassen sie nebenbei unterschreiben. Sie merkt es nicht. Okay?"
„Das kann ich nicht machen", brummte er noch, kam tags darauf zu uns und konnte es doch. Noch heute sehe ich den Banker und mich auf der Eckbank in der Küche sitzen und mit meiner Mutter plaudern. Mein Bekannter von der Bank machte es wirklich gut, fragte, wie es den Kindern gehe, und öffnete bei

unserer Mutter natürlich ein mächtiges Fass an Erzählungen und Schimpftiraden.
„Ja, ... und dann müssen Sie das noch eben unterschreiben“, fädelte er die Unterlagen zu meinem Konto geschickt ein, „und dann noch hier, bitte, Frau Kosick.“
Meine Mutter warf keinen Blick in die Unterlagen, setzte ihren Namen darunter und schoss wie eine Rakete aus der Haut, als sie kurz darauf auch von meinem Konto die monatliche Finanzspritze absaugen wollte. Es ging nicht. Mein Geld wuchs – und sportlich radelte ich jeden Tag die sieben Kilometer zur Lehrstelle. Um fünf Uhr krabbelte ich dafür aus meinem Bett, fuhr um 5.20 Uhr zur Arbeit und stand fünf Minuten vor sechs mit dem Pinsel in der Hand bereit.
„Guten Morgen, Herr Mann! Was gibt es heute zu tun?“
Ich war schnell und meine Schaffenskraft wurde immer besser. Nutzte ich doch jede Möglichkeit, Erfahrungen zu sammeln und Geld zu verdienen. Auch in den Ferien oder an Wochenenden.
„Kannst du mir die Wohnung tapezieren?“, fragte meine Schwester mich eines Tages.
„Haste Geld?“, hakte ich nach.
„Nö“, antwortete sie. „Kriegst meinen Käfer dafür.“
Da horchte ich auf. Auch wenn ihr VW beige und alt war, kam mir ein Auto doch sehr zupass. Bald also zeigte sich ihre Wohnung von der besten Seite und ich kurvte 1984 mit meinen wieder langen Haaren im inzwischen rot lackierten Kugelporsche durch die Welt. Skeptische Blicke meiner Manta-verrückten Gleichaltrigen ließen mich kalt. Stolz und glücklich brauste der Malerlehrling Günscheck treu der Devise durch die Welt: Lieber schlecht gefahren, als gut gelaufen.
Gut gelaufen war auch die Sache mit der Kontovollmacht. Hintenrum kam meine Mutter an den Lohn nicht ran, also ging sie

Der rot lackierte „Käfer“: mein erstes Auto nebst guten Freunden.

zum Frontalangriff über.

„Du musst zahlen, Günther. 70, - Mark im Monat.“

„Hab‘ kein Geld.“

„Wer hier wohnt, muss zusteuern“, ließ meine Mutter keinen Millimeter Luft.

„Das passt mir im Moment nicht richtig rein“, versuchte ich, natürlich erfolglos, sie abzuwimmeln.

„Dann musst du ausziehen. Wirst schon sehen, was so ein eigenes Leben kostet“, knallte sie mir zornig vor den Malerkittel.

„Nö“, erwiderte ich, wohl wissend, dass bisher jeder nichtzahlende Kosick das Elternhaus schnurstracks hatte verlassen müssen. Wieso kam nun die „Nummer 10“ und weigerte sich, dachte Lucia wohl für einen Moment, ließ sich nicht beirren und mich wissen: „Günther, du fliegst im hohen Bogen raus!“

„Ich hab‘ vor neunzehn Jahren nicht geschrien, dass ich in den

Saustall hier will", erwiderte ich schroff. „Du kannst nicht Kinder in die Welt setzen und wenn sie nicht mitmachen, haust du sie raus!"

„Kann ich doch", drehte meine Mutter sich um. „Brauchst nicht mehr heimkommen. Dein Zimmer räum' ich aus."

Sie war klein, aber sie war eine Löwin. Außerdem besaß sie den einzigen Schlüssel. Wer tagsüber ins Haus wollte, musste von Mutter eingelassen werden. Kamen wir spät heim, fand sich der Schlüssel unter der Fußmatte.

Es war spät, als ich an diesem Tage heimkam. Wie gewöhnlich zog ich die Fußmatte hoch, um den Schlüssel zu nehmen. Er lag nicht dort. Die Löwin machte ernst. Sie hatte mich rausgeworfen.

Wütend ließ ich die Fußmatte fallen und schimpfte in die Nacht. „Du alte Kuh! Dir werd' ich helfen", wanderten meine Blicke an unserem Haus entlang. Am Dachfenster verfingen sie sich, Wut und Ehrgeiz surrten in mir, ich kletterte über das Vorhäusle hinauf aufs Dach, balancierte rüber zum Dachfenster, ruckelte es auf und steckte den Kopf hindurch. So könnte es gehen, dachte ich, zögerte einen Moment, fluchte wieder, „scheiß drauf!", und ließ mich mit dem Kopf zuerst in den Dachboden stürzen. Es rumste gewaltig. Dann ging ich in mein Zimmer.

Das Bett war abgezogen. „Meine Löwin von Mutter, bretthart zieht sie es durch", brummte es in meinem Kopf, während ich mich angezogen auf das Bett legte und die Augen schloss.

Am nächsten Morgen musste ich allen Mut zusammennehmen. Papa war bereits zur Arbeit und unten am Frühstückstisch schob unsere Generalin Marmeladenbrote in die Runde. Sicher würde sie mich, sobald ich am Tisch erschien, wie eine Löwin zerfleischen. Dennoch ging ich hinunter, spürte meine feuchten

Hände am Treppengeländer. Ohne ein Wort setzte ich mich auf meinen Stuhl. Nichts geschah. Mein Erscheinen hatte den üblichen Tumult nicht unterbrochen, und auch die Löwin fuhr ohne Regung mit dem Schmieren der Brote fort. Hatte sie mich womöglich gar nicht bemerkt, war zu beschäftigt, um überhaupt wahrzunehmen, wer von unserer Kosick-Bande sich am Frühstückstisch eingefunden hatte?
Die Marmeladenbrote machten die Runde. Eben wollte auch ich mir eines nehmen und das Süße im Mund zerfließen lassen, da krachte Mutters Stimme mir ins Gesicht.
„Was willst du hier?"
Ich schluckte, ohne überhaupt etwas im Mund zu haben.
„Frühstücken", sagte ich stumpf.
„Für dich gibt es kein Frühstück", erwiderte sie nur, kochte innerlich, drohte zu explodieren, atmete tief ein und widmete sich erneut dem Schmieren der Brote. Offenbar hatten der große Kreis meiner Geschwister und die mächtige Aufgabe, sie allesamt zeitig und ohne Marmeladenränder um die Münder aus dem Haus zu haben, sich wie ein Schutzschild um mich gelegt. Eilig biss ich in ein Brot und bemerkte, dass immer mehr Geschwister aus der Küche in ihren Tageslauf verschwanden. Zugleich spürte ich, wie das Höllenfeuer in meiner Mutter erneut aufloderte und die kleine Frau mir von hinten eine Watschen verpassen wollte. Da hielt ich sie fest. Wie bissige Hunde sahen wir uns in die Augen. Mutter und Sohn in Hass und Liebe vereint. Halleluja.
„Du Dreckshund, du verschwindest", fauchte sie mich an.
Gleich fieberte ich zurück. „Wenn nachher mein Bett nicht bezogen ist, gibt's Probleme", krampften wir uns aneinander, ich machte mich los und fuhr zur Arbeit.
Am Abend fand ich mein Bett bezogen vor. Ich hatte die eiserne

Regel brechen können – als erster und einziger. Die neun vor mir zahlten artig ihre Beiträge. Ebenso die vier, die mir folgten. Einige Wochen nach dem Machtkampf mit meiner Mutter tat auch ich es. Freiwillig und gern, aber erst, als ich es für richtig hielt.
Verblüfft, doch auch stolz sah Lucia mich damals an. Irgendwie musste es ihr gefallen haben, wie sehr ich meinen eigenen Weg ging, mir nicht nur die Lehrstelle selbst gesucht und die morgendlichen Radfahrten auf mich genommen hatte, um eine gute Ausbildung zu bekommen. Auch mein Widerstand gegen die eiserne Regel der finanziellen Beteiligung mag für sie wie ein kurzes Durchatmen gewesen sein. Hätte meine Mutter doch nie und nimmer selbst an der Hausordnung sägen können, ohne den Untergang des Hauses Kosick in Kauf zu nehmen.
Beim jährlichen Weihnachtsbrunch mit meinen beiden Töchtern sollte ich vier Jahrzehnte später an die wilden Tage mit meiner Mutter denken. Sprachen wir drei doch über den Zusammenhalt innerhalb einer Familie und die monatlichen Zuwendungen, die unsere Mädchen von ihrer Mutter und mir erhielten.
„Heute brauchen wir die Unterstützung von Mama und Papa", diskutierten sie, während ich gespannt zuhörte. „Wenn die beiden später mal Hilfe brauchen oder in Geldnot sind, können wir das zurückgeben."
Ob es dazu kommt oder nicht, sei's drum. Aber meine Mädels hatten verstanden, worum es ging. Stolz gab Papa einen Sekt aus: „Frohe Weihnachten!"

Neun Jahre „Mann“

Wäre mein Boss mir nicht im Herzen nahe gewesen, ich hätte mich schütteln können. Wieder saß Herr Mann neben uns im Firmenbus, ließ seine Brotdose aufschnappen, kaute am ersten seiner zwei täglichen „Wurschtbrote“, nippte am ersten seiner zwei täglichen Biere, knisterte mit der Bildzeitung und würde gleich eine Zigarette aus seinem täglichen Päckchen fummeln. Jeden Tag ging das so, jeden Monat, Jahr um Jahr. Ich kaute auf meinem halben Hendl. Offenbar hatte Herr Mann meinen abfälligen Blick in seine Butterbrotdose bemerkt.

„Is‘ was?“

„Nein, Herr Mann, aber ich könnte das nicht jeden Tag essen“, sagte ich frei heraus. „Immer Wurschbrote mit Bier.“

„Hmmm“, brummte er, betrachtete mein Hendl und retournierte umgehend. „Wie sinnlos du Geld für Essen ausgibst.“

„Ich investiere“, schluckte ich ein Stück des Fliegers herunter, „zu 100 % in mich. Daran kann ja wohl nichts Schlechtes sein.“

Herr Mann sagte nichts mehr und wandte sich einem weiteren Artikel in der Zeitung zu. Die barbusige Dame von der ersten Seite sah mir nun beim Hendl-Essen zu.

„Eigentlich hasse ich es hier.“ Auch die nackte Schönheit brachte mich nicht auf bessere Gedanken. „Immer dieselbe Leier. Seit Jahren bin ich nun hier. War bisher der erste Lehrling, den Herr Mann übernommen hat. ... Bessere immer freitags den Pfusch aus, den die Gesellen während der Woche verbrochen haben ... Ließ er mich eigentlich im dritten Lehrjahr schon als Geselle laufen?“

Ich wischte mir die fettigen Finger an der Malerhose ab und sah zu meinem Boss hinüber. Die Brüste waren weg, der Wetterbericht strahlte mich an. Dahinter: Herr Mann. „Wäre er nur nicht

so geizig“, ärgerte ich mich. Sparsam, das ist eines. Aber geizig? Meine Gedanken kreisten um ein Gespräch zum Ende meiner Lehrzeit. Was hatte er mich hingehalten und um den Finger gewickelt. Gleichzeitig besaß ich noch zu wenig Rückgrat, um ihm eine Kündigung vor die Brust zu drücken.
„Herr Mann“, sprach ich ihn damals an, „nach der Lehre krieg ich ja Lohn ...“
„Ja“, sagte er knapp, „Junggesellenlohn.“
Ich schluckte und dachte: „Mistbock.“ Sagte dann trotzdem etwas.
„Ich möchte ‘ne Mark mehr. Mein Einsatz für die Firma ist Ihnen ja bekannt. Immer auch abends und außer der ...“
„Außer der Reihe gibt es bei mir nichts“, bremste Mann mich aus und wiederholte das Wort „Tarif“.
„Okay“, ballte ich innerlich die Fäuste, „dann geh‘ ich.“
„Dann gehst du halt“, antwortete er kalt wie eines seiner Wurstbrote.
„Okay“, sagte ich erneut. „Am Wochenende hole ich meine Papiere ab.“
„Gut“, hörte ich. Das Gespräch war offenbar beendet. Also ging ich am Wochenende zu ihm und drückte den Klingelknopf. „Ding“ und „dong“ machte die Glocke. Und genauso fühlte ich mich, als ich wieder rauskam. Ich müsse auch warten können, hatte Mann mich eingelullt und hingehalten. Aber ich sei es doch wert, war meine Reaktion gewesen. Da sagte er einfach nichts mehr. Nach einer Weile nahm ich die Kündigung zurück und ging. Dingdong.
Ich war nicht stark genug gewesen, um das Band zu durchtrennen. Gleich Montagmorgen stand ich wieder pünktlich um fünf vor sieben in meiner Malerkluft im Hof. Erst Monate später kam Herr Mann schließlich auf mich zu. „Bua“, sagte er immer noch.

„Nächsten Monat kriegste ‘ne Mark mehr.“
Ich nickte, hatte sein Kommen erwartet. Schließlich wusste ich, dass meine Bezahlung zum Monatsende automatisch vom Junggesellenlohn in den Gesellenlohn wechselte. Das war eine Mark mehr. Mein Boss musste sie bezahlen. Er tat es nicht wegen mir und meiner guten Arbeit. Der Tarif sah es vor. Ich war enttäuscht.
„Das letzte Hemd hat keine Taschen“, antwortete ich unwirsch und wandte mich der Arbeit zu. Sie würden es ihm bereits mit 59 Jahren anziehen. Leider. Der arme Kerl mit seinen Wurschtstullen und dem Wetterbericht.

„Ich bin zu gutmütig, um zu kündigen“, suchte ich einen Ausweg und entschloss mich, den Meister zu machen. Nach dem ganzen Gerangel brauchte ich Abstand von meinem Boss, musste mich irgendwie lösen. Es tat mir wirklich weh, wie wenig er meine Leistung anerkannte. Oft war ich lange vor seinem geplanten Termin fertig mit meiner Arbeit. Einer Nachbesserung hatte es nie bedurft. „Was machen wir morgen, Herr Mann?“, fragte ich ihn und wusste natürlich, dass er zwei Tage für die Arbeit kalkuliert hatte, die nun nach einem erledigt war.
„Wie morgen?“, wollte er wissen.
„Morgen eben. Ich bin fertig. Alles erledigt.“
Er stutzte, verstand einfach nicht, wie ich das machte. Konnte meine natürliche Faulheit nicht begreifen, die mich zwang, Arbeiten grundsätzlich zügig, sorgfältig und somit ohne zeitraubende Nachbesserungen zu verrichten. Noch weniger allerdings schien Herrn Mann deutlich zu sein, welch gewaltige Einnahmen ich ihm mit dieser Arbeitsmoral bescherte. „Da steckt viel Geld von mir drin“, sagte er allen Ernstes, als ich eines Abends in meinen gebrauchten 318er BMW stieg. Das geisterhafte Ge-

fühl, mal einen solchen BMW fahren zu müssen, hatte mich zum Kauf verleitet. Mein Boss stand nun mit hochgezogenen Brauen daneben.
Viel Geld von ihm? Natürlich steckte das in der Kiste. Auch mir war das klar. Aber hatte ich nicht auch endlos für Mann geschuftet?
„Herr Mann, das kürzen wir jetzt ab“, sagte ich, bevor ich mich aus dem Staub machen wollte. „Die Häuser, die Sie gekauft und gebaut haben, da ist jede Menge Arbeitsleistung von mir drin.“
„Hast recht, Bua“, sagte er und ging. Ich startete den Motor. Schon wieder machte er so merkwürdige Geräusche.

Auch am folgenden Morgen klang der Motor des 318ers noch holprig. Nicht weniger übrigens, als die Begrüßung, mit der Herr Mann uns nach getaner Arbeit regelmäßig am Treppengeländer vor seinem Büro empfing. Kaum waren wir dem Bus entstiegen, vernahmen wir, was er immer mal wieder in die Runde warf.
„Paul, grüß dich!“
Ich hätte ihm eine reinhauen können. Jeden Morgen zog der Boss das so durch, begrüßte seinen Liebling Paul und ließ uns anderen links liegen. Paul zog Schleimspuren. Wir alle wussten es. Diese Art der Begrüßung aber ging zu weit und schon flüsterte neben mir einer. „Wir sind ihm nichts wert. Nicht das geringste. Soll er doch ersticken an seinen Wurschtbroten.“
Während Herr Mann in sein Büro ging und die anderen sich aufmachten, unsere Arbeitsmaterialien in den Bus zu schaffen, blieb ich für eine Sekunde mitten auf dem Hof stehen und holte tief Luft. Ich war wütend, fühlte mich ganz wie in einem Duell. Nur dass mein Gegenüber nicht mit zwei Colts im Hof stand, sondern im Büro die Aufträge studierte. Also stolzierte ich wie der John Wayne hinter unserer Wäsche ins Büro. Herr Mann

blätterte in einem Ordner, auf dem Tisch lag seine Brotdose. Zertrümmern hätte ich das Ding können, ballte kurz die Fäuste und sprach den Chef an.
„Herr Mann, haben Sie mal kurz Zeit?“
„Hä?“, brummte er in seine Unterlagen.
„Es ist wichtig“, sagte ich ernst und er schaute mich an.
„Ich habe zu tun, kann doch wohl nicht so wichtig sein.“
„Ist es aber, Herr Mann“, führte ich aus, was ich zu sagen hatte. „Mir persönlich isses nach all den Jahren wirklich egal. Denn ich weiß, was ich kann und leiste. Aber die anderen Jungs stecken das nicht so weg. Sie können nicht einen grüßen und uns anderen vier ignorieren.“
Er stutzte, sagte mal wieder nichts.
„Sagen Sie doch wenigstens ‚Männer grüß euch!‘ oder so was“, schlug ich vor und verließ sauer das Büro. Am folgenden Morgen sagte Herr Mann zur Begrüßung gar nichts, nickte nur kurz in unsere Richtung und sah dann mich an. „Günther, du kommst ja immer zu spät.“
„Bitte?“, konnte ich kaum fassen, was er da sagte. Wie turbulent meine Nächte auch verlaufen waren, an jedem einzelnen Tag stand ich morgens pünktlich, fünf Minuten vor Arbeitsbeginn, auf dem Hof der Firma. Herr Mann wusste das ganz genau. Gleichwohl bockte er und verlangte, ich möge doch um 6.45 Uhr da sein.
„Sie können gerne eine Stechuhr anbringen“, offerierte ich. „Dann werden wir ja sehen.“
„Aber 6.45 Uhr ist doch in Ordnung“, sagte er freundlicher, aber bestimmt.
„Finde ich ehrlich gesagt nicht“, erwiderte ich und rechnete ihm vor, was diese täglichen fünfzehn Minuten ausmachen würden. „Herr Mann“, sagte ich, „Sie sind nicht bereit, mir fünfzig Pfen-

nig mehr in der Stunde zu zahlen und ich soll jeden Tag fünfzehn Minuten eher kommen. Da würde ich Ihnen über eine Stunde in der Woche schenken. Sie können mich aber gerne ab 6.45 Uhr bezahlen. Kein Problem, dann bin ich um die Zeit zur Stelle."
Herr Mann sagte nichts mehr. Austeilen konnte er gut, der Umgang mit handfesten Argumenten aber fiel ihm schwer. „Schon komisch", dachte ich nur, „dass ich ihn trotz allem sehr mag."

Die Morgenluft auf dem Mann'schen Hofe wurde mir dennoch zunehmend dünner. Auf der Meisterschule hatte ich die beiden kaufmännischen Teile absolviert, schob jedoch die handwerklichen noch etwas vor mir her. Eigentlich hatte ich Freude an meiner Arbeit und wollte in der Firma wieder präsenter sein. Gleichzeitig war ich erwachsener geworden und der dortige Alltag schnürte mir die Luft ab. Herr Mann wirkte inzwischen noch geiziger auf mich, seine Wurschtbrote noch staubiger und sein ganzes Dasein glich einer einzigen Verkrustung. Er würde da sicher nicht rauskommen. Ich aber musste meinen Teil aufbrechen, für mich und meine berufliche Zukunft. Also schielte ich auf eine andere Firma und fuhr zum Feierabend unter dem Firmenschild „Rauch – Malermeister und Lackierer" in den Hof der Betriebes. „Das wär's", wurde mir sogleich klar. Alles war auf dem neuesten Stand, top ausgerüstet und strukturiert. Das Beste jedoch war der dortige Chef. Nach unserem netten Gespräch lächelte Herr Rauch mich an und sagte ohne Umschweife: „Herr Kosick, ich tät Sie sofort einstellen."
Rauchs offene Art und sein freundliches Auftreten motivierten mich. Auch ich konnte nun offen und ehrlich antworten.
„Ich komme wirklich gern", sagte ich. „Eine Bitte habe ich aber. Ich weiß nicht, ob ich es schaffe zu kündigen. Wenn ich die Kündigung durchziehe, komme ich zu Ihnen. Okay?"

„Natürlich, so machen wir es“, gab Herr Rauch mir die Hand und begleitete mich in den Hof. „Herr Kosick, es würde mich freuen, wenn Sie zu uns kommen.“
Meine Offenheit hatte ihm gefallen. Jetzt hieß es nur noch, Herrn Mann meine Kündigung auf die Stirn zu pinseln.

Tatsächlich war ich unsicher, ob es mir gelingen würde, diese auszusprechen. Am folgenden Tag allerdings brannte der Entschluss in mir. Ich musste es schaffen, spritzte fünfzig Heizkörper in Rekordzeit, ließ Manns Kasse ordentlich klingeln, bekam aber dennoch kein Wort heraus. Gleich, in der Pause, würde ich wieder neben ihm sitzen. Neun Jahre. Beinahe wie ein altes Ehepaar hockten wir da, während er wenig sexy seine „Wurschtbrote“ vertilgte. Schreien hätte ich können. All das musste endlich ein Ende haben. Ich biss mir auf die Lippen, er in sein Brot, ich sagte nichts. Böte er mir doch einfach mehr Kohle an, dachte ich. Er musste doch spüren, dass eine Hölle aus Unzufriedenheit in mir brannte. Gleichwohl kam kein Wort über seine soeben vom Bier benetzten Lippen. Warum auch sollte Herr Mann nach neun Jahren plötzlich den Geiz abschütteln? Das war nicht weniger utopisch, als trüge er freudestrahlend ein Schälchen Salat und ein Fläschchen Apfelsaft in die Mittagspause.
Mann schwieg. Ich tat es auch. Bis zum Feierabend. Zunehmend wurde mein inneres Brennen, endlich einen Schlussstrich unter die Firma Mann zu ziehen, von einem Gefühl der Niederlage erstickt. Mickrig und gehemmt fühlte ich mich, würde sicher bis zum Ruhestand für den Geizkragen und seine Nachfolger die Pinsel schwingen.
„Also Bua, pfiat di!“, begrüßte Herr Mann schließlich das Wochenende. Fünfzig frisch lackierte Heizkörper glänzten hinter seinem Rücken, den er mir nun zuwandte. Mit dem Spachtel

hätte ich ihn ermorden können. Vielleicht war das die einzige Möglichkeit, ihn aus meinem Leben zu schaben.
„Ich bin nicht der Bua“, sagte ich wie so oft. Immer nannte er mich so. Wie ich das hasste.
„Alles klar“, retournierte Herr Mann und ging. Neben mir vernahm ich ein klägliches „Schönes Wochenende, Herr Mann“. Unser Lehrbub schaute dem Boss hinterher. Herr Mann hatte ihn einfach ignoriert.
„Günscheck, ab ins Wochenende“, schaute der Lehrbub nun mich an und grinste. Sicher wartete am Abend eine Party oder ein Techtelmechtel auf ihn, das den Ärger über unseren Boss verpuffen ließ. Sein Grinsen gefiel mir, plötzlich war es wieder da, das Brennen in mir.
„Peter, ich komme gleich“, grinste ich zurück.
„Wo willst du noch hin, Günscheck? Ist Feierabend!“
„Ganz einfach“, antwortete ich nahezu übermütig, „ich kündige!“
Irritiert sah Peter mich forschen Schrittes auf Manns Haustür zugehen, den Finger entschlossen gegen den Klingelknopf bohren und ohne mit der Wimper zu zucken das grausige Geräusch der Glocke ertragen.
Ding ... Dong.
Die Tür wurde geöffnet. Herr Mann, noch mit Hut, sah mich sichtlich genervt an. „Mensch, Bua, was willste noch?“
Er hatte es wieder gesagt. Das aber sollte das letzte Mal sein.
„Der Bua“, sagte ich meinem Boss ins Gesicht, „möchte Ihnen nur noch mitteilen, dass das heute sein letzter Arbeitstag war.“
Kurz stutzte Herr Mann, nickte, sah mich an und drehte sich um.
„Huiiii, das ging leicht“, sauste es mir durch den Kopf und ich atmete auf. Gleich jedoch vernahm ich seine Stimme und kurzerhand hockten wir zwei Stunden auf den Stufen vor seinem

Haus.
„Herr Mann, ich ziehe die Kündigung nicht zurück. Sie haben das vor ein paar Jahren geschafft. Jetzt ist Sense“, bewies ich Rückgrat und wackelte nervös mit dem Fuß.
Herr Mann sagte gar nichts und auch mein zweiter Fuß wippte nun nervös. Dann seine Stimme.
„Warum?“
Nur dieses Fragewort, mehr sagte er nicht. Wir altes Ehepaar hockten vor seinem Haus und er fragte nichts als „warum?“
„Es ist hirnrissig, Herr Mann“, werkelte ich an einer Antwort. „Sie investieren nichts. Wir arbeiten wie die Steinzeitmenschen.“
Er schwieg.
„Als Chef ist das natürlich Ihre Sache“, wand ich mich in weiteren Erklärungen. „Aber ein Spachtel kostet fünf Mark und wir arbeiten mit den alten und krummen Dingern. Alles wird schief.“
„Kann man rausschleifen“, sagte er wie trockenes Brot.
Ich hasste trockene Semmel. Verabscheute sie schon mein ganzes Leben lang. Wie viele Lehrbuben hatte ich zurechtgewiesen, sich beim Bäcker nicht immer die alten und knautschigen Dinger andrehen zu lassen.
„Als Chef hätte ich von Ihnen erwartet, dass Sie erkennen, wie ich resigniere. Da Sie es nicht erkannt haben, bin ich ihnen wohl wurscht“, analysierte ich, als läge Herr Mann auf der Psychocouch. Dabei hockte er neben mir auf seinen Treppen und schaute wortkarg zu Boden.
„Ich sage es Ihnen ehrlich, Herr Mann“, führte wieder ich das Wort, „ich gehe zur Firma Rauch. Meine Papiere schicken Sie mir dann bitte. Ich hoffe, dass wir bei Gelegenheit trotzdem mal ein Bier zusammen trinken können.“
Erneutes Schweigen.
„Okay?“, fragte ich vorsichtig.

„Gut“, sagte er nur und nickte.
„Okay“, sagte ich wieder. Und: „Alles Gute, Herr Mann.“ Dann ging ich. Ein Bier allerdings sollten wir nie wieder gemeinsam trinken. Nicht einmal ein Wort richtete Herr Mann künftig an mich. Nichts als kaltes Schweigen an der Supermarktkasse, an der wir uns zufällig trafen, nebeneinander standen wie in einem Trauerspiel. Und auch seine Frau, nach all meiner Zeit in der Firma, hasste mich wohl noch am Sarg bei der Beerdigung.
Da lag er nun, mein alter Boss, sechs oder sieben Jahre nach meiner Kündigung. 59 wurde Herr Mann. Ich konnte nicht anders, als an seinem Grab noch einige Worte in die Grube zu flüstern.
„Mensch, Mann“, warf ich eine Schaufel Erde hinunter. „Du warst 59 Jahre auf der Welt und hast das Leben nicht gelebt. Weil du geizig warst. Jetzt bist du weg. Da kann man nichts mehr gerade schleifen. Das tut mir wirklich leid.“
Herr Mann war mir wahrlich ein guter Lehrmeister gewesen, es lohnte sich darauf zu hören, was er sagte. Auf sich selbst allerdings hatte er nie gehört, die Krankheiten ignoriert, die sich in seinem Körper eingenistet hatten, keinen Arzt, kein Krankenhaus aufgesucht. Eines Morgens war Herr Mann, so hörte ich, ins Büro gekommen und einfach umgefallen.
Auf der Beerdigung dachte ich an den Blick, den Herr Mann auf mein erstes Haus geworfen hatte, das ich wenige Jahre vor seinem Tod zu bauen begann. Es war 1996, das mit 280 Quadratmetern imposante Gebäude wuchs heran und zog, wie ich feststellte, jemandes Blicke auf sich. Gleich erkannte ich die Person, hatte diese Körperhaltung, diese Bewegungen neun Jahre beinahe täglich gesehen. Es war Herr Mann. Zwei Grundstücke weiter baute seine Tochter und mein einstiger Chef stand in der Einfahrt, sah zu meiner Baustelle herüber und betrachtete mein

entstehendes Haus. Mich indes sah er sicher nicht, wie ich dort an der Seite des Fensters stand und wiederum ihn ansah. Wie traurig mich das Schweigen zwischen uns machte. Fair hatte ich mich von Herrn Mann verabschiedet. Doch anders als mein einstiger Ziehvater vom Ponyhof, der seine Enttäuschung überwand und mit mir sprach, wenn wir uns trafen, war bei Herrn Mann nichts zu machen. Wie versteinert er an der Supermarktkasse neben mir gestanden, mich keines Blickes gewürdigt hatte, es verschlug mir die Sprache. Ob er jetzt, wo er dort auf der Einfahrt stand und zu meinem Haus schaute, nicht auch ein wenig Stolz war auf seinen einstigen Lehrbuben? Dem „Bua“, dem es gelungen war, sich aus dem Wirrwarr von vierzehn Kindern zu befreien, um künftig auf 280 Quadratmetern endlich mehr Orte der Stille zu finden, als die kleine Badewanne es einst während des Dorffestes versprach.

Prämien

Herr Rauch, mein neuer Chef, liebte sein Prämiensystem. Grundsätzlich pinnte er deshalb jeweils zum Monatsbeginn die soeben ausgeschüttete Prämiensumme nebst Namen und erbrachter Leistung an die Firmenwand. „Seid ihr gut, fleißig und gewandt, habt ihr Teil am Erfolg“, war seine Devise. Das lag mir. Kam ich doch, wenn man so will, von der Front eines im täglichen Handwerk kampferprobten Kleinbetriebs. Fortan stand also auch mein Name auf dem Aushang. „Die Prämie des Monats geht an Günther Kosick.“ Alle vier Wochen wiederholte sich der Spaß. Wie eingemeißelt, prangte mein Name unter dem Wort „Prämie“. Fast schon war es peinlich und die Neider begannen ihr Getuschel. „Pfusch, ja, das kann nur Pfusch sein.

Der Kosick mogelt sich da was zusammen."
„Alles Lüge", lächelte ich – wohl wissend, dass man mit Pfusch langfristig nicht weiterkommt. Mit Nachdenken indes schon. Und genau das hatte ich im Konkurrenzgeflecht aus vierzehn Geschwistern wahrlich gelernt. „Also Gehirn anstrengen", nahm ich mir vor, betrachtete eine vor mir thronende Fassade vor dem Anstrich ganz genau, stand wie Galileo vor der Wand und schaute in den Himmel.
„Und sie dreht sich doch", schmunzelte ich und begann meinen Anstrich an der Fassadenseite, die gemeinhin am längsten zum Trocknen braucht – der Nordseite. Anschließend arbeitete ich mich mit der Sonne um das Haus. Erstens war es so immer warm und nett, zweitens war die Nordseite zur Mittagszeit bereits getrocknet und ich konnte sie am selben Tag noch einmal streichen. Manchmal gelang mir solches mit dem ganzen Haus. Fertig und Halleluja – weniger Anfahrten, weniger Geld verbraten und auch den nächsten Prämienaushang würde mein Name als Nummer eins zieren.
„Schon wieder der Kosick", grummelten die einen.
„Den brauchen wir im Projektmanagement", sinnierten die anderen und Herr Rauch offerierte mir nach einem Jahr in der Firma einen Wechsel ins Management. Aus dem Lohnempfänger und Baustellentiger „Günscheck" sollte ein angestellter Bürohengst werden. „Mal schauen", dachte ich und bereitete mich auf die Gehaltsverhandlungen vor.
Was aber sollte ich nehmen? Bei Prämien und Stunden kannte ich mich aus, aber ein Gehalt aushandeln? Ich hatte keine Ahnung und mein ratlos suchender Blick blieb an Helmut und Thomas hängen. Beide werkelten bereits seit langer Zeit auf eben jener Managementebene herum, auf die Herr Rauch mich heben wollte.

„Helmut“, nahm ich gekonnt Kontakt auf. „Sage einmal, ich hab‘ Gehaltsverhandlungen mit dem Chef. Was darf man denn so fordern?“
Helmut nannte mir eine Summe. Anschließend nahm ich nicht weniger geschmeidig Kontakt mit Thomas auf, der ebenfalls eine Zahl sagte. Allerdings eine andere.
„Vermutlich sind beide ...“, dachte ich über die Gespräche nach und entfaltete das Wort in meinem Kopf: „... gelogen.“ Geht es doch immer darum, den Kollegen und gleichzeitigen Kontrahenten neben sich kleinzuhalten, ihn dort zu parken, wo er weniger verdient und zu sagen hat. Auch Helmut und Thomas tickten sicherlich so.
„Ihr wart eine große Hilfe, Jungs“, bedankte ich mich höflich bei ihnen und marschierte in die Gehaltsverhandlung. 3.500, - DM war die höhere der beiden von Thomas und Helmut genannten Summen gewesen, begleitet von den Worten, dass ich diesen Betrag als Leitender durchaus nehmen könne. Und in solcher Position wollte Herr Rauch mich tatsächlich einstellen.
„Herr Kosick“, moderierte er schließlich das Gespräch an, „ich weiß natürlich, dass wir Sie eigentlich für den Bereich ‚Privatkunden‘ eingestellt haben. Dennoch, wir haben so einige Fähigkeiten bei ihnen erkannt und würden Sie deshalb gerne in unserem Angestelltenteam begrüßen.“
Freudig hörte ich Herrn Rauch zu. Wie nett er meine Arbeit und Person würdigte.
„Ein Angestellter bekommt bei uns ein Festgehalt“, näherte Herr Rauch sich nun den Gehaltsverhandlungen, „wobei Überstunden ...“
Interessiert sah ich ihn an.
„... neben dem großzügigen Gehalt nicht extra bezahlt werden.“
„Anders als auf der Baustelle“, ergänzte ich.

„Ja, das stimmt schon“, erläuterte Herr Rauch. „Bei uns basiert ein Angestelltenverhältnis immer auch auf Vertrauen. Gibt es viel zu tun, muss die Arbeit natürlich erledigt werden. Läuft es ruhiger, können Sie während der Arbeitszeit auch gerne mal zum Friseur gehen.“

Lächelnd strich ich mir durch die dunklen Locken.

„Aber Sie wissen ja, Herr Rauch“, sagte ich, „dass ich mit festen Arbeitszeiten nichts am Hut habe. Ich erledige, was zu tun ist. Da zähle ich bestimmt nicht die Minuten.“

„So, lieber Herr Kosick“, erwiderte mein Chef, „haben wir Sie kennengelernt. Dann passt es doch. Nur über Geld müssten wir dann wohl noch reden. Wo liegt denn Ihre Gehaltsvorstellung?“

„Also ...“, kämpfte ich das erste Wort raus, schwieg für einige Sekunden und fuhr dann fort, „... dass ich nach nur einem Jahr in der Firma schon hier sitze, außerdem die meisten Prämien bekomme ...“

Kurz zog Herr Rauch die Brauen hoch und lächelte flüchtig.

„So richtig in Gehalt umwerten, kann ich das nicht“, erhöhte ich die Dramatik. „Kann das eigentlich nur so nach meinem Empfingen sagen. Also, sagen wir mal ...“

Ich legte eine weitere Kunstpause ein und haute die Summe raus.

„5.000, - Mark.“

Herr Rauch atmete durch. Seine Brauen waren für einen Moment wie versteinert. Doch wieder lächelte er flüchtig und kommentierte meinen Vorschlag.

„Das übersteigt schon meine Vorstellungen, lieber Herr Kosick.“

„Ja, aber Herr Rauch“, spürte ich, dass er mich unbedingt in seinem Büroteam haben wollte, „für 3.500, - Mark bin ich nicht zu haben. Da gehe ich lieber als Geselle raus und verdiene mit meinen Prämien weitaus mehr.“

Rauch war ein Profi. Er wollte mich im Projektmanagement und würde den Pinsel schon in die Farbe kriegen. „Herr Kosick“, sagte er, „das ist wirklich mehr als ich mir vorgestellt habe, aber ich mache Ihnen einen Vorschlag.“
Ich war ganz Ohr.
„Machen wir 4.500, - plus Firmenfahrzeug“, begann er und die Summe ließ meine Hände feucht werden. „Außerdem eine Direktversicherung als Altersvorsorge, na ja, und Weihnachtsgeld ist auch dabei.“
„Na dann, frohes Fest“, kicherte ich innerlich, freute mich bereits auf die Gesichter von Helmut und Thomas und unterschrieb den Vertrag. Herr Rauch und ich reichten uns die Hand. Mein Aufstieg in der Firma fühlte sich großartig an, unser freundschaftliches und wertschätzendes Verhältnis aber noch viel besser. Ich nahm den Vertrag an mich. Alles war in Butter.
Schmierig wie Butter in der Sonne indes lungerten Helmut und Thomas draußen auf dem Korridor herum und gierten nach meiner Zahl. „Und, Günther, wie war‘s? Ist alles gut gelaufen?“
„Dreieinhalb hab‘ ich nicht gekriegt“, sagte ich ihnen die Wahrheit. Gleich schauten sie zufrieden drein, jubilierten innerlich, während ich ihnen mit den nächsten Worten eine ordentliche Blässe ins Gesicht pinselte.
„Viereinhalb plus Direktversicherung“, legte ich die Karten auf den Tisch. „Na ja, ‘nen Firmenwagen und ...“
Ihre Kinnladen hingen bereits hilflos herunter, als ich den Joker auch noch ausspielte.
„ ... Weihnachtsgeld.“
Helmut und Thomas hörten noch die Engel trompeten, während ich mein neues Büro betrat und die Tür hinter mir schloss.
„Trau‘ niemandem, der Angst um seine eigene Wurscht hat“, dachte ich so lange an die beiden Kollegen, bis meine Gedan-

ken den Weg in meine Kindheit nahmen. Um welche „Würschte“ und Alltäglichkeiten hatten wir Kosickkinder nicht alles gerungen? Jeder musste seinen Weg finden, dreizehn Geschwister ebenso passieren wie Harry, Lucia, die endlosen Vorhänge aus Wäsche und Zimmer mit blutigen Matratzen.
Ich dachte an die Geschichte mit dem Mofa. Besaß ich doch als Jugendlicher eine hässliche Zündapp mit einem direkt am dicken Tank klebenden Sattel. Mein Bruder Walter jedoch fuhr eine Kreidler. Ein cooles Gefährt nebst hübschem Platz für die Damen. Während der Fahrt würde meine Freundin Sabine sich rücklings zum Lenker an den Tank lehnen, mich zauberhaft anlächeln und mit mir eine Unterhaltung führen können. Also hatte ich ein Auge auf die Kreidler geworfen. So ein Mofa brauchte ich. Das war sonnenklar.
Wohl wissend, dass Walters Bock Probleme machte, ging ich zu meinem Bruder. „Walter“, schlug ich ohne Umschweife vor, „machen wir ein Geschäft?“
„He?“, grummelte mein Bruder nur und ließ sich kaum stören bei seinem Tun. Dennoch unterbreitete ich ihm mein Angebot.
„Wir tauschen. Ich krieg‘ deine kaputte Kreidler, du meine heile Zündapp.“
Tatsächlich drehte Walter sich um und grinste. Mein Vorschlag, kaputt gegen heile zu tauschen, traf bei seiner Denke voll ins Schwarze. Das spürte ich gleich.
„Was, echt?“, fragte mein Bruder nur.
„Ja“, bestätigte ich.
„Gut, wird gemacht“, befand Walter und hatte nur Minuten später den meinerseits aufgesetzten Vertrag unterschrieben. Ich setzte mein „Günscheck“ daneben, kümmerte mich sogleich um die Reparatur der Kreidler und bald schon lächelte mich Sabine von ihrem Platz am Tank auf das Göttlichste an.

Walters Lächeln versteinerte bald. Merkte er doch, wie wenig aerodynamisch und lässig seine neue Zündapp daherkam. Prompt wollte er die Kreidler zurück, die ich ihm – selbstredend – nicht gab, auf den Vertrag verwies und mit Sabine vom Hof brauste. Gerade noch sah ich, wie Walter heulend zu unserer Mutter lief und von Lucia umgehend geerdet wurde. „Wenn du so blöd bist, Walter", sagte sie nur, „dich von deinem kleinen Bruder austricksen zu lassen, biste selber schuld."
Das saß. Walter war bedient. Kaum kehrte ich heim, wollte er mich in meinem Zimmer erwürgen. Er war groß, ich schmächtig. Beinahe wäre es ihm gelungen. Ein Elefant aber rettete mein Leben. Das hübsche Tier war schwer, aus Porzellan und hatte seinen ewigen Platz auf meinem Nachttisch. Nur jetzt machte das Rüsseltier einen kurzen Ausflug. Trotz Walters Würgegriffen bekam ich es zu fassen und rammte ihm das Porzellanding mit voller Wucht in den Rücken. Ein Schrei, ich war frei und die Sache mit der Kreidler erledigt.

Walters Gesichtsausdruck und der Sound der Zündapp waren mir immer noch nahe, während ich in meinem neuen Büro in der Firma Rauch eine weitere Runde mit meinem Schreibtischstuhl drehte. Mein Blick fiel auf den Tisch vor mir. Ordentlich waren der Computer, einige Stifte, das Telefon und mehrere Päckchen mit Briefmarken darauf drapiert. Ich nahm die Marken in die Hand und ließ meinen Erinnerungen erneut freien Lauf.
„Briefmarken", konnte ich mir ein Lächeln nicht verkneifen und dachte an meinen alten Klassenkameraden Ulli. Der war ausgezeichnet in der Schule gewesen, weil er daheim eine gute Führung genoss. Gleichwohl war er ein Tollpatsch und – bald schon würde es jeder wissen – ganz närrisch auf Briefmarken aller Art.

Seine Sammlung war sein Leben. Dafür würde er alles tun. Also kombinierte ich, mit zehn oder elf Jahren, wie folgt.
„Mein Bruder Alfred hat Briefmarken."
„Ulli hat Geld und liebt Briefmarken."
„Ich habe kein Geld und keine Briefmarken."
Wäre doch gelacht, sinnierte ich, wenn sich diese Gleichung nicht irgendwie umstellen ließe. Idealerweise zu meinen Gunsten. Also erst mal rüber zu Alfred.
„Na, Alfred", tat ich harmlos.
„Was willste, Günscheck? Nerv nicht rum."
„Brauchste Geld?", warf ich den Köder aus. Alfred biss auf der Stelle an. „Blöde Frage, Alter", hörte ich nur.
„Ich kauf' dir deine Briefmarken ab", erläuterte ich mein Vorhaben.
„Was zahlste denn?", fragte Alfred neugierig.
„25, - Mark", ließ ich ihn den Köder schmecken und holte bereits die Leine ein.
„Okay, ist gemacht. Dafür gehören die Briefmarken dir", reichte Alfred mir die Hand, ich schlug ein und der Fisch zappelte an Land. Denn selbstredend hatte ich im Vorfeld mit Ulli verhandelt und ihn heiß auf Alfreds Marken gemacht.
„Ulli, brauchste Briefmarken?"
„Haste welche?", biss auch er aufgeregt und sofort an.
„Vieeeele", ließ ich ihn wissen und beschrieb einige von Alfreds coolsten Marken, deren Aussehen ich mir eingeprägt hatte. Ulli bekam funkelnde Augen. „Was zahlst du?", münzte ich das Funkeln kurzerhand in Bargeld um.
„50, - Mark", bot Ulli.
„Gemacht", schlug ich ein; kurzerhand dackelte Ulli mit Alfreds Briefmarken davon und mein Bruder und ich hielten jeweils 25, - DM in Händen. Alle waren glücklich. Bis auf Ullis Vater. Dem

nämlich hatte sein Sohn die 50, - DM aus der Börse geklaut. Als Landwirt wusste Ullis Vater mit der Mistgabel umzugehen. Deeskalation war angesagt, wurde allerdings von dem Umstand erschwert, dass, in ihrer Begeisterung für einen leicht verdienten Taler, inzwischen die halbe Klasse begonnen hatte, Ulli Briefmarken zu verkaufen. Hunderte von Mark, hörte ich später, hatte unser Klassenkamerad in die Papierchen investiert. Alles vom Papa. Und alles gezockt. Zur Rede gestellt ging Ulli die Muffe, er verpetzte uns und sein Vater ließ seinen ältesten Sohn eine Runde drehen. Auch vor unserer Tür stand er und Lucia rief, wie gewohnt, sämtliche Kosicks zusammen.
„Wer war es?", verlangte sie eine Antwort.
„Keiner von uns", waren wir uns einig, Ullis großer Bruder aber zeigte auf mich. „Der Günscheck war es, ich weiß es genau."
In diesem Moment klopfte es an die Tür meines Büros bei Herrn Rauch, die Erinnerung riss ab und mein Boss stand vor mir.
„Herr Kosick, Sie kennen doch die Hangbrücke?"
„Selbstverständlich, Herr Rauch", ließ ich ihn wissen.
„Die Brücke wird wohl unser größtes Projekt werden", erläuterte mein Chef. „Wir sollten uns nachher in meinem Büro mal darüber unterhalten."
„Ja, jederzeit gern", freute ich mich über das Vertrauen und dachte noch einmal an die Sache mit Ulli. Immer dieser Ärger mit dem Geld. Wie viele Menschen es doch gibt, die sich wie besessen an jeden Cent klammern. Auch heute als Malermeister, immerfort das Gezerre um das Begleichen der Rechnung.
„Jetzt geht es um das, was am meisten wehtut", kündige ich einigen Kunden diese nach erbrachter Leistung an und ernte fragende Blicke.
„Ihr Geld", löse ich das Rätsel. „Die Arbeit ist erledigt, ich habe Schweiß und Leistung investiert, jetzt darf ich Ihnen doch sicher

die Rechnung schicken."
„Aber Herr Kosick ..."
Wie oft höre ich diesen Satz. Eine kurze Pause und das Genörgel über vermeintliche Mängel setzt ein.
„Mängel?", hake ich nach. Wohl wissend, dass es wie so oft keine gibt. „Ich komme gerne vorbei und erledige das."
„Leider passt es heute nicht", folgt die erwartete Ausrede.
„Na, dann komme ich morgen. Wir kriegen das schon hin."
„Morgen? Nein, das ist leider auch schlecht", geht es weiter und ich spiele das Spiel mit.
„Wann kann ich kommen?", frage ich und weiß, dass wir keinen Termin finden werden. Denn darum geht es gar nicht. Der Preis will gedrückt sein.
„Ist der Mangel weg, wenn ich Ihnen 200, - Euro nachlasse?", bohre ich manchmal nach.
„Ja, Herr Kosick, das passt dann schon. Ich überweise Ihnen morgen das Geld."
Klebt nicht so an der Kohle, Leute. Auch wenn es nicht immer leicht ist, zu geben. Nahezu biblisch wurde ich als Junge einst auf die Probe gestellt. Kam mein Vater Harry doch in mein Zimmer, wohl wissend, dass sich üppige Einnahmen vom Ponyhof in meinem Besitz befanden.
„Günther", klopfte es eines Abends an meiner Zimmertür. Wie üblich hatte ich mich nach dem Essen ein wenig hingelegt. Die nächtlichen Ruhezeiten schrumpften bei all den Discobesuchen, sonstiger Herumtreiberei und dem morgendlichen frühen Aufstehen ja arg zusammen. Ein wenig schlaftrunken sah ich auf. Mein Papa war ins Zimmer gekommen und trat zu mir ans Bett.
„Günther", sagte er erneut meinen Namen und setzte sich an meine Seite. „Ich habe eine Bitte. Kannst du uns Geld leihen?"
Verwundert sah ich meinen Vater an, war es doch sonst immer

Lucia gewesen, die sich mit derartigen Bitten an mich gewandt hatte. Etwas musste heute anders sein. Sogleich erfuhr ich es. Es war die Höhe des Betrages.
„Du weißt ja, Günther", erläuterte mein Vater, „das Auto tut es nicht mehr. Für ein neues aber haben wir nicht genügend Rücklagen."
Beinahe hätte ich gelacht. Rücklagen? Der Herrgott zeige mir die Familie mit vierzehn Kindern, die Rücklagen ihr Eigen nennt.
„Hmmm", ließ ich mir diesen Laut nicht nehmen, ahnte doch bereits, dass so ein Auto nicht mit einem freundlichen Familienkleinkredit von 100 oder 200 Mark aus dem Versteck unter der roten Kiste zu erledigen sei.
„Wie viel brauchst'n du?", fragte ich meinen Vater gespannt. Natürlich hatte ich mitbekommen, dass die Werkstatt unseren bisherigen Wagen für tot erklärte. Gleichzeitig hatten sie Papa wohl ein neues Fahrzeug offeriert.
„6.000, - Mark", verschlug mir die Summe die Sprache. Sogleich führte ich mir die unter der Kiste klebenden Scheinbündel vor Augen. 6000 Mark waren genau 6000 Karten. Jede Menge Arbeit steckte darin, aber auch haufenweise Spaß und Abenteuer mit den Pferden. Ich hatte so viel, hätte Harry das Geld tatsächlich leihen können. Aber erfreut war ich über die Frage natürlich nicht. Die sechs Riesen krieg ich nie mehr, schoss es mir durch den Kopf.
Warum musste Papa nur diese Scheißfrage stellen?
„Lass' mich bitte zwei Nächte darüber schlafen", bat ich ihn, „ist ja 'nen ordentlicher Haufen Kies."
„Natürlich, Günther", lächelte Papa mich an und während der folgenden Nächte machte ich kaum ein Auge zu. Sechs Riesen, das war richtig viel. Und hätte ich mich nicht zum Top-Ranger hochgeritten, wäre die Summe für mich, wie für jeden Jugendli-

chen, völlig utopisch gewesen. Sollte ich meinen Eltern wirklich einen solchen Haufen Geld leihen? Was wäre, wenn der neue Gebrauchtwagen sich als Griff ins Klo entpuppte? Lediglich ein schmieriger, vom Verkäufer geheim gehaltener Motorschaden würde genügen und mein gesamtes Erspartes wäre schrottreif. Wann würde ich mein Geld dann wiedersehen?
„NIEMALS", türmten sich sieben Großbuchstaben vor meiner Großzügigkeit auf. Hellwach schob ich sie beiseite und mein Blick fiel auf die rote Kiste.
„Aber ich habe das Geld und meine Eltern ...", ging es mir durch den Kopf, „... sie brauchen es." Aber waren sie nicht auch die Eltern von dreizehn anderen Kindern? Was war mit denen, konnte nicht jeder einen Anteil an der neuen Familienkutsche zahlen?
„No money", dachte ich an meine Geschwister und erneut brannte das Wort „niemals" vor meinen Augen. Wütend wischte ich es in der zweiten Nacht beiseite. „Scheiß auf das Geld", beschloss ich gleichsam befreiend und verstörend. Ich würde es Papa geben. Zufrieden mit meiner Entscheidung schlief ich noch ein wenig und teilte sie meinem Vater am folgenden Tag mit. Stolz sah er mich an, lächelte und legte seine Hand auf meine Schulter. Drei oder vier Tage später trat er dann zum Abend erneut in mein Zimmer.
„Du, Günther", sagte Papa und setzte sich wie zuvor an mein Bett. „Ich wollte mich noch einmal bei dir bedanken. Aber wir brauchen dein Geld doch nicht mehr. Es gab da ja noch diesen kleinen Sparvertrag. Der kommt jetzt zur Auszahlung."
Mein Vater hatte die Größe, sich zu bedanken. Doch nun fühlte ich mich schlecht, weil ich gehadert hatte. Aber natürlich hätte sich die finanzielle Schieflage leicht noch weiter neigen können. Ich atmete auf. War dann doch stolz auf meine Entscheidung. Als hätte ich eine biblische Prüfung bestanden, ging ich ins Ba-

dezimmer und betrachtete mich nach dem Pinkeln im Spiegel. Vierzehn Jahre alt war ich damals. Eigentlich sah ich mit meinen langen Haaren und dem Milchbubigesicht genauso aus wie einige Tage zuvor. Dennoch hatte eine Veränderung in mir stattgefunden. Ich hatte verdammt noch mal mit mir gerungen, den Zweikampf zwischen der Liebe zu meinen Eltern und der nicht geringen Zuneigung zum Geld ausgetragen. Das verdammte Geld hatte ich niedergekämpft und die Liebe siegen lassen. Großartig fühlte sich das an. Nicht weniger spitze indes war das Gefühl, meine 6000 doch nicht hergeben zu müssen.

Schlipsträger

Ganz wie mein innerer Kampf um die sechs Riesen, könnte mich die Hangbrücke ins Trudeln bringen, spürte ich gleich, nachdem Herr Rauch mir den Großauftrag anvertraut hatte.
„Kosick, ca. 1,2 Millionen DM Bauvolumen, 22.000 Quadratmeter sandgestrahlter und beschichteter Stahl, 20 Arbeiter auf der Baustelle“, hatte Herr Rauch die Eckdaten genannt und sah mich an. „Aber Sie schaukeln die Brücke schon.“
„Bei jedem Wetter“, nickte ich ihm zu. „Ich fahre gleich mal raus und schaue mir alles an.“
Herr Rauch wusste, dass ich keinerlei Mühen und ausgedehnte Arbeitszeiten scheuen würde, um nicht nur ein Auge auf die Jungs bei der Brücke zu haben, sondern diesen auch jederzeit zur Hand gehen würde. Doch auch ich schätzte besonders während dieser Tage die lange Absenz aus dem mir nie vollends ans Malerherz gewachsenen Büro. Schlichen doch seit einigen Tagen mehrere Unternehmensberater durch den Betrieb, schnüffelten an jedem Pinselhaar herum und horchten die Mitarbeiter

aus. Auch mich riefen sie zu sich, davor konnte auch die Hangbrücke mich nicht bewahren.
„Herr Kosick?“, hockten mir die Schlipsträger wie CIA-Agenten gegenüber und starrten mich an wie beim Verhör.
„Ja, Kosick, Günther“, beantwortete ich die Frage mit Bravour. Trotzdem wurden die Berater sogleich stachelig.
„Wieso haben Sie nichts zum Schreiben dabei?“, fragten sie in einer arroganten Art, die mich wütend machte.
„Ich habe das Unternehmen im Kopf“, erwiderte ich. „Außerdem wusste ich nicht, dass Sie mir was Spannendes zum Aufschreiben erzählen.“ Schweigend musterten sie mich.
„Können wir uns kurzfassen?“, fragte ich höflich. Als ein Mann von der Arbeitsfront hatte ich keine Zeit zum Rumsitzen und Schickaussehen. „Ich muss auf die Baustelle“, stellte ich klar. „Da sind 20 Arbeiter damit beschäftigt, auch das ganze Geld zu verdienen, das Sie hier kriegen. Wenn was schiefläuft, haben wir ein Problem.“
Sie sahen mich an, als habe ich bereits ein Problem. Wie ein Gummisack sollte es sich bald über mich stülpen und mir in der Firma die Luft zum Atmen nehmen. Überall hörte ich dieselben dämlichen Sprüche über mein vermeintlich verantwortungsloses Verhalten.
„Günther, was machst du denn? Dass Sie dich nur nicht rauswerfen lassen. Du kannst doch da nicht ohne Timer und Schreibutensilien reingehen.“
Konnte ich doch. Offenbar schickten sich meine Widerworte aber nicht und die Luft in der Firma wurde dünner. Gefeuert wurde ich dennoch nicht. Vielmehr schlugen die Berater vor, Thomas zu entlassen, der einiges an Verlusten verursacht hatte, was offenbar noch schwerer wog als ein fehlender Schreibblock und mein rebellisches Gehabe.

Die Anzugträger ließ ich ungeschoren hinter mir, die Hangbrücke thronte bald vollendet am Berg und tut es heute noch. Der Generationenwechsel in der Firma allerdings verursachte mehr Schwindelgefühle bei mir als jede Hangbrücke und nahm mir letztendlich die Freude an der Arbeit. Wild entschlossen setzte die Geschäftsleitung die Konzepte der Schlipsträger um, beäugte mich skeptisch und ließ wissen: „Wer nicht mitrudert, muss das Unternehmen verlassen."
„Mit Gewalt mitzurudern, bringt nichts", wehrte ich mich noch eine Weile, klopfte aber im Februar 1994 dann doch an die Tür des Seniorchefs, dem netten Herrn Rauch, dem ich für die großartigen Jahre in seinem Betrieb mehr als dankbar war. Welch wunderbare, mich für das Leben als Malermeister prägende Zeit ist das gewesen. Herr Rauch, ich umarme Sie!
„Herr Kosick, was liegt denn an?", empfing mein Chef mich damals sogleich freundlich. „Bitte, setzen Sie sich doch."
Während unserer gemeinsamen Jahre hatte ich zunehmend gespürt, wie viel Herr Rauch von mir und meiner Arbeit hielt. Auch das war es wohl, was seinen Sohn besonders an mir störte. Konnte ich doch anpacken und die Dinge draußen an der Malerfront ebenso erledigen wie das Projektmanagement im Büro. Er hingegen war der Anzugträger ohne symbolischen Pinsel am Gürtel. Ich setzte mich und eröffnete Herrn Rauch den in mir gereiften Entschluss.
„Es wird Ihnen sicher nicht gefallen, was ich Ihnen jetzt sage", begann ich. „Bitte aber nehmen Sie es nicht persönlich."
Herr Rauch stutzte und ich sprach es aus.
„Ich kündige."
„Warum?", sah er mich nur wenig verblüfft an, hatte bereits bemerkt, wie ungern ich zum Kommandoton der Juniorchefs ruderte.

„Weil ich die Umstrukturierung nicht vertreten kann", sagte ich frei heraus. „Ich möchte voll und ganz hinter der Firma stehen, sonst bin ich Ihr Geld nicht wert."
„Habe ich noch eine Chance, Sie umzustimmen?", fragte Herr Rauch vorsichtig. Unsere Blicke trafen sich und ich erlangte Gewissheit, dass er mich nach einer Kündigung nicht mit Verachtung und stoischem Schweigen strafen würde, wie das Herr Mann und seine Gattin getan hatten. Der Blick gab mir den Mut, die Kündigung durchzuziehen.
„Sie würden das wahrscheinlich sogar schaffen, Herr Rauch, und könnten mich umstimmen. Aber bitte, tun Sie es nicht. Ich gehe ja nicht in eine andere Firma. Ich mache mich selbstständig. Das müsste Ihnen doch eigentlich gefallen. Meine Selbstständigkeit, meine ich. Irgendwann haben Sie diesen Schritt ja auch gewagt."
Herr Rauch nickte. „Herr Kosick, Sie schaffen das", sagte er und machte mich glücklich. „Ich wünsche Ihnen das Allerbeste!"
In diesem Moment klopfte es an der Tür und sein Sohn trat ein. Ich sah ihm an, wie erleichtert er war, von meiner Kündigung zu erfahren. Zwei Jahrzehnte später lud ich die Familie zu meinem 50. Geburtstag ein, diesem gewaltigen Fest in der gefühlten Mitte meines Lebens. Herr Rauch kam mit seiner Frau und sagte auf der Bühne wunderbare Worte über unsere lediglich dreijährige gemeinsame Zeit. Sein Sohn und dessen Frau aber reagierten nicht auf meine Einladung, gingen nicht ans Telefon, als ich nachfragen wollte. Ich versuchte es wieder. Sie sahen wahrscheinlich meine Nummer, gingen nicht ran, riefen nicht zurück. Wie merkwürdig die Menschen manchmal sind.

Mein Windhund

Es war einige Jahre vor meinem Ausscheiden aus der Firma Rauch, eben stand ich vor dem Abschluss meiner Meisterprüfung, nippte am Kaffee. Pause. Wir Meisterschüler standen gemeinsam in einem Café, quatschten in den Tag hinein. Da waren sie plötzlich. Zwei blaue Augen. Sie schauten mich an. Beinahe riss es mich vom Tisch.

„Is' was?", bemerkte mein Nebenmann meinen plötzlichen Schwindelanfall. „Bisserl stark was, der Kaffee?"

Eine Antwort bekam ich nicht heraus. Erhaschte noch einmal diese blauen Augen, unsere Blicke verfingen sich, mehrere Feuerwerke erleuchteten die Himmel unserer Leben, alle Blumen blühten gleichzeitig, Funken flogen, mein Dasein machte einen Hopser und ich wusste, was zu tun war. Umgehend versuchte ich ihren Blick ein weiteres Mal einzufangen. Auch sie musste die Explosionen gespürt haben, sah schnell weg, eilte an einen anderen Tisch und schließlich aus meinem Sichtfeld. Verdammt. Verwirrt sah ich mich um, reckte den Hals, fand sie nicht mehr. Suchte ihre Spur und den Anblick ihrer Haare, ihres Gesichtes, ihres Körpers und der göttlichen blauen Augen zu erhaschen.

„Komm, Günscheck, Träume ausschalten. Die Pause ist rum", versuchte ein Kollege mich erfolglos zu erden. Ich nahm den letzten Schluck Kaffee und geisterte irgendwie zur Spüle, um meine Tasse abzugeben. Ungeschickt polterte ich diese hinein, schreckte kurz auf und fand mich von einem Zauber umgeben. Geschwind drehte ich mich um und sah sie erneut. Eben lief das Wunderwesen mit einem Tablett an mir vorbei, sagte schüchtern und scheu nicht mehr als ein leises Wort.

„Hallo."

Ich sagte gar nichts. Starrte sie an. Sah die junge Frau am anderen Ende des Lokals verschwinden und spürte eine brennende Erkenntnis in meinem Körper: „Das ist sie!“

„GüNNscheck“, schüttelte mich jemand unsanft in meine Meisterschulung zurück. „Bist du auf dem Mars?“

„Venus“, stotterte ich nur, wir büffelten wieder unseren Meisterstoff, wobei ich an nichts anderes dachte als die morgige Kaffeepause im Café gegenüber. Sie kam, mit pochendem Herzen machte ich mich auf den Weg, trat ins Lokal, schaute mich um, bestellte bei einer mir fremden Person einen Kaffee, nippte, wartete, schaute nervös. Sie war nicht da. Die Welt war eine trostlose Wüste und ich mittendrin.

„Wo ist denn ...“, trat ich nach einer Weile in Aktion und wandte mich an die recht abgebrüht wirkende Dame hinter der Theke, „... das Mädel mit den stechend blauen Augen und den braunblonden Haaren?“

„Die Frau Merkel?“, hörte ich nur.

„Ich weiß nicht, wie sie heißt. Sie war gestern da.“

„Nein“, sagte die Dame hinter der Theke Schlimmes. „Die kommt nicht mehr.“

„Wie nicht mehr?“, bekam ich beinahe einen Herzinfarkt.

„War nur Springerin“, warf die Frau mir eine Antwort zu, drehte sich weg und goss Kaffee in eine Tasse.

„Springerin?“, fragte ich in das einsetzende Gurgeln der Kaffeemaschine.

„Hat nur ausgeholfen“, vernahm ich ihre knappe Antwort. Eine Plaudertasche war die Lady nicht gerade. Mal schauen, was ich aus ihr rausbekäme.

„Kann ich die Telefonnummer von Frau Merkel haben?“, wählte ich den direkten Weg.

„Bitte?“, fragte sie nach.

„Die Telefonnummer, kann ich die haben?“, versuchte ich es er-

neut.
„Geht nicht“, kanzelte die Frau mich ab. „Datenschutz.“
„Datenschutz?“
„Ja“, sagte sie maximal kurz.
„Aber ich muss mit ihr telefonieren“, drängelte ich, „verstehen Sie das nicht?“
Sie verstand es sicher, wiederholte aber lediglich das eine Wort. „Datenschutz.“
Stille trat ein. Beinahe wäre die Liebe verkümmert, bevor sie erblühen konnte. Wäre da nicht meine Idee mit der Rose gewesen.
„Nur mal so angenommen“, legte ich meinen herrlichsten Schmeichelton an den Tag, „ich brächte Ihnen eine zauberhafte langstielige Rose ...“
Diesmal wandte sie tatsächlich ihr Gesicht in meine Richtung, sah mich das erste Mal wirklich an, riss die Augen auf und lächelte.
„ ... könnte ich dann wenigstens die Telefonnummer ihrer sonstigen Arbeitsstelle kriegen?“
„Ja, das kann ich wohl machen“, sagte sie nun freundlicher. „Aber da müsste dann schon die Rose kommen.“
Gekonnt zwinkerte die Frau mir zu und ich eilte zum Stadtmarkt, um eine Rose zu kaufen. Eine halbe Stunde später reichte ich die liebreizende Blume über den Tresen. Im Austausch schob die Dame mir einen gefalteten Zettel zu. Die darauf notierte Zahlenreihe sah aus wie das Passwort zum Paradies.
„Das ist die Nummer“, sagte sie. „Aber von mir haben Sie sie nicht, Okay?“
„Selbstverständlich“, lächelte ich und trat mit meinem paradiesischen Zettel hinaus ins Abendlicht. Heute würde ich nicht mehr anrufen können, doch am folgenden Morgen ging ich direkt zur

Telefonzelle, wählte die Nummer und bekam eine Dame aus der Firmenzentrale ihrer Arbeitsstelle an den Apparat.
„Die Frau Merkel sitzt in einer unserer Filialen", erfuhr ich, erhielt die Nummer und rief umgehend dort an. Wieder griff eine Frau zum Hörer und ließ das eben noch herrlich in mir pulsierende Adrenalin absacken.
„Frau Merkel? Die ist heute nicht da."
„Wie nicht da?", stellte ich eine weitere W-Frage.
„Sie hat heute frei", ergänzte die Dame.
„So ein Mist. Kann ich die Privatnummer haben?", bohrte ich nach und traf auf mir bereits bekanntes Granit.
„Geht leider nicht, wegen dem Datenschutz. Sie wissen ja", hörte ich und ballte automatisch die Faust.
„Ja, Datenschutz", sagte ich, „kenn ich. Aber trotzdem."
„Trotzdem?", fragte die Frau. Ich freute mich, dass es mir gelang, das Gespräch am Laufen zu halten. Womöglich könnte ich dem Telefonat noch eine erfreuliche Wendung verleihen.
„Ja, trotzdem muss ich die Frau Merkel sprechen. Hab' da gestern was vergessen", machte ich deutlich, spürte immer noch die kalte Granitwand des Datenschutzes und wechselte in romantische Sphären.
„Sie sind doch eine Frau", sagte ich sanft und mit einem leicht verzweifelten Unterton. „Haben Sie nicht auch schon mal Herzbrennen gehabt?"
Für eine Weile hörte ich nichts, dann setzte ihre Stimme wieder ein. „So sehr brennt es?"
„Ja, es brennt", begeisterte ich mich. „Es brennt richtig. Ich bin ja ganz durcheinander. So ist es bei mir."
Wieder war nichts als ein Knistern in der Leitung. Vermutlich hatte sie ihre Handfläche über den Hörer gelegt und das gesamte Büro lachte sich krumm über mich und mein Herzbren-

nen. Oder mein Brennen ging ihr richtig unter die Haut und der Datenschutz lieferte sich mit der Liebe einen Schlagabtausch in ihren Moralvorstellungen.
„Okay", war ihre Stimme plötzlich wieder da und ich atmete auf. „Dann will ich Sie und Ihr schmerzendes Herz mal nicht verbrennen lassen. Ich gebe Ihnen die Nummer. Aber Frau Merkel hat einen Freund."
Den letzten Satz entsorgte ich auf der Stelle, spürte das Adrenalin wieder brummen, notierte die magisch anmutenden Ziffern der Telefonnummer, bedankte mich auf das Höflichste für die Linderung meines Herzbrennens und legte auf. Während ich überlegte, wann ein kluger Zeitpunkt sei, Frau Merkel und ihre blauen Augen anzurufen, faltete ich das kleine Papier mit der Telefonnummer mehrmals auseinander und wieder zusammen, betrachtete die magischen Ziffern und wählte sie sogleich. Drei Mal klingelte es, dann war ein Typ dran. Ich fragte trotzdem nach ihr. „Ist nicht da", murmelte er nur. „Die Frau Merkel kommt erst gegen 18 oder 19 Uhr." Dann legte er auf.
Der Tag quälte sich dahin. Endlich dämmerte es. Das musste der Abend sein. Ich fuhr zur Telefonzelle im Nachbarort, wollte sichergehen, dass nicht eine Horde Bekannter wild spekulierend um die Zelle herumlungerte. Dort war ich in Sicherheit. Fünf Mark und den magischen, inzwischen reichlich flatterigen Zettel in der Hand betrat ich den „öffentlichen Fernsprecher" und warf eine meiner drei Münzen in die irgendwie unheimliche Apparatur an der Wand.
„Reichen die fünf Mark nicht", hatte ich mir geschworen, „ist sie nicht die Richtige."
Das Geldstück ratterte in den Fernsprechkasten. Den Hörer mit seinem endlosen Piepen ans Ohr gepresst, wählte ich die heilige Telefonnummer. Mehrmals klingelte es, nun ein Klacken,

Die wichtigste Telefonzelle meines Lebens.

wieder war der Typ dran.
„Guten Abend, hier ist nochmal Kosick“, packte ich die Sache an. „Ich müsste mal dringend die Frau Merkel sprechen.“ Hätte der Typ gewusst, wie dringend, hätte er mich vermutlich mit einem Schmunzeln abserviert und dem endlosen Pfeifen des Telefonhörers ausgeliefert. So aber sagte er nur zwei Wörter.
„Moment, bitte.“
Ich schluckte. Vernahm gleich darauf ihre perfekt mit den blauen Augen harmonierende Stimme. „Ja?“
Mehr sagte sie nicht. Also hielt auch ich mich kurz.
„Servus.“
„Wer issen dran?“, wollte sie wissen. Ich aber liebte es spannend.
„Du weißt, wer dran ist“, sagte ich nur.
„Ne.“
„Doch, du weißt es“, erwiderte ich beinahe wie bei einer Beschwörung. Unser Gespräch begann minimalistisch. Die Münze im Fernsprechkasten allerdings war weniger zeitlos und ratterte in die Versenkung. Hektisch fummelte ich das nächste Geldstück in den Schlitz und hielt die Verbindung aufrecht.
„Ich bin der“, sagte ich ohne Umschweife, „zu dem du vor zwei Tagen so lieb ‚Hallo‘ gesagt hast.“
„Ich sage zu so vielen ‚Hallo‘“, konterte sie sogleich.
„Wenn das so wäre“, merkte ich an, „würdest du den ganzen Tag nichts anderes tun, als ‚Hallo‘ zu sagen.“
„Ach“, flüsterte sie beinahe. Sicher lungerte ihr Freund im Hintergrund herum. Wieder ratterte es. Auch die zweite Münze rutschte in die Tiefen der Maschine.
„Jetzt haben wir ein Problem“, stellte ich fest.
„Schon?“, stichelte sie.
„Ja, schon. Ich muss Münzen wechseln und rufe gleich wieder

an. Hebst du nochmal ab?“, fragte ich vorsichtig, während das Monster von Telefonanlage die Sekunden runterzählte. Sie sagte nichts. Noch zehn Sekunden, Schweigen, neun, acht, sieben, sechs, ...

„Ja“, hörte ich dann.

„Gewiss?“, suchte ich mich eilig zu vergewissern.

„Ja“, wiederholte sie und es klackte.

Mit glühenden Nerven und durchflutet von Glück eilte ich in die nächste Wirtschaft, wechselte einen Geldschein und stand danach wieder auf dem einen Quadratmeter Zelle, der das Einfallstor in ein große Liebe werden könnte.

„Ich hab‘ aber einen Freund“, sagte sie mir während der nächsten Münze. Nebulös erinnerte ich, bereits davon gehört zu haben und überlegte. Sicher hätte sie kein zweites Mal abgenommen, wenn mit ihrem Freund alles traumhaft wäre.

„Du lebst mit jemandem“, brachte ich es auf den Punkt, „aber das ist nicht dein Freund. Sonst hätte ich sicher kein Geld wechseln müssen. Sollen wir uns treffen?“

Wieder ratterte eine Münze runter. Diesmal jedoch hatte ich vorgesorgt. Konnte mir ihr Zögern leisten, genoss es beinahe, denn ich spürte bereits, dass sie einwilligen würde. Eine Münze später hatten wir ein Date ausgemacht – zwischen McDonald‘s, einem griechischen Restaurant und dem Café, in dem ich sie das erste Mal sah; so wenig romantisch das auch klang.

Pünktlich war ich an dem Tag zur Stelle. Schnell ein Blick auf die Uhr: 17.45. In fünfzehn Minuten würde ich die blauen Augen wiedersehen dürfen.

Der Minutenzeiger quälte sich im Kreis. Fettblubbernde Fritteusen schickten ihren Gestank aus dem McDonald‘s ins Treppenhaus. Gyrosduft schlängelte sich von der anderen Seite heran. Was für ein Parfüm sie wohl aufgelegt hatte?, versuchte ich

mich abzulenken und sah erneut auf die Uhr.
18.00 Uhr. Unsere Zeit. Gleich musste sie kommen.
So aber war es nicht. 18.15 Uhr wurde es, exakt fünfzehn Minuten später wackelte der Minutenzeiger auf die Sechs und zäh weiter zur Neun. Aus meiner Unruhe erwuchs Verwirrung, schließlich Verzweiflung und Wut. Ich schabte mit dem Fuß, hasste sie für einen Moment, liebte dann ihr wildes Wegbleiben und schwor mir, nicht eine Pinselhaarbreite länger zu bleiben als 19.00 Uhr.
Noch einmal warf ich einen suchenden Blick in das griechische Restaurant, schaute bei McDonald's um die Ecke, ballte kurz die Fäuste und machte den entscheidenden Schritt …
… auf sie zu.
Die blauen Augen. Ihre windhundhaften, geschmeidigen Bewegungen – auch gehetzt, sah sie immer noch fantastisch aus. „Entschuldigung", begrüßte sie mich und schimpfte. Die verdammte Café-Eröffnung habe so lange gedauert. „Tut mir wirklich leid, Günther."
Sie hatte meinen Namen gesagt.
Ich sagte den ihren. Sylvie.
Von diesem Abend an waren wir ein Paar. Und was für eines. Sie war mein Windhund, meine leidenschaftliche, freche, liebenswerte, temperamentvolle Freundin, Geliebte und Prinzessin, doch auch Zicke, Nervensäge, böse Fee und Eiskönigin. Alles, wonach meine Struktur verlangte, was ich liebte und begehrte, besaß sie. Nie könnte ich es mit jemandem aushalten, der langweilig und kleinkariert ist. Auf Augenhöhe lieben, scherzen, parlieren und streiten, so sollte es sein. Mein ruhender Vulkan, mein ausbrechender Vulkan, das reizte mich, forderte mich heraus und ließ mich über den alten Günscheck hinauswachsen. Heilfroh bin ich, mit Sylvie zwei Kinder zu haben – unser ge-

25 Jahre alt, mit meinem geliebten „Windhund"

Karibische und himmlische Tage mit Sylvie ...

... und dem Jetski.

meinsamer und größter Schatz.
Dabei wäre mir mein Windhund nach fast vier Jahren zum Fest der Liebe beinahe schon wieder entwischt. Irgendein Herzgeflatter auf dem Weihnachtsmarkt. „Ich verlasse dich", hieß es plötzlich, anschließend an das Neujahrsgekuschel. Frohes 1994. Schockstarre. Wo rannte mein Windhund hin? Ich konnte sie nur ziehen lassen, fand meine Kraft später zurück, kämpfte um sie. Würde diese Liebschaft vom Weihnachtsmarkt irgendwie zurück zu den Nikoläusen verbannen müssen. Rief sie an, fuhr in ihre Firma, kramte in den entlegensten Winkeln der Zauberkiste für Herzensangelegenheiten und wurde fündig. Nach sechs Wochen war Sylvie wieder da. „Lass uns in die Karibik fliegen, gleich nach meiner Meisterprüfung", hatte ich ihr einst versprochen. Endlich saßen wir nun im Flieger, bummelten am dominikanischen Strand, bauten Sandburgen und sprachen vom Hausbau. „Du Spinner!", sah sie dabei zu, wie die karibischen Wellen meine Planungen einer 280-Qaudratmeter-Hütte wegspülten. „Ein Angeber bist du, nichts weiter."
„Ein bisschen mehr vielleicht schon", witzelte ich, wollte dieses Haus und spürte auch, warum es jetzt sein musste.
„Heute kann ich ein großes Haus bauen", war ich überzeugt. „Bin ich erst vierzig oder fünfzig, hab' ich weniger Kraft dafür. Also lass uns die Steine bestellen."
Sie murmelte etwas. Das Rauschen der Wellen und der karibische Wind nahmen ihre Worte mit sich, bevor ich sie verstehen konnte. Das war im Februar des Jahres 1994. Ich schloss meinen Windhund in die Arme, presste sie an mich. Unter der karibischen Sonne zeugten wir unsere Tochter Tanja. Am 23. November desselben Jahres kam sie zur Welt. Gerade mal ein halbes Jahr zuvor hatte ich die Firma Rauch hinter mir gelassen und mich selbstständig gemacht. Ein wirklicher Neuanfang, der nun

zusätzlich von Babygeschrei untermalt wurde. Kaum verstummte dies einmal, hörte ich Sylvies Stimme.
„Günthi, lass' uns noch ein Kind haben."
Eine brandneue Selbstständigkeit. Ein noch neueres, erstes Kind. Und mein Windhund schwärmte in ihrer temperamentvollen Art bereits von Nummer zwei.
„Du, Sylvie", nahm ich mich ihrer Wünsche an, „lass uns nicht gleich ein zweites haben. Wir haben dann länger etwas von kleinen Kindern."
Das gefiel ihr. Lisa wurde dann erst fünf Jahre später, am 2. März 1999, geboren. Viele Jahre spielten so kleine Kinder in unserem Haus, verzauberten dieses für alle Zeiten mit tausenden Erinnerungen.

Selbstständig

Die Power hatte ich von meiner Mutter. Danke, Lucia! Du warst die Antreiberin daheim, hieltest die Dampfmaschine mit Namen „Kosick" am Laufen, schnauftest selbst nicht weniger und ließt es rauchen und krachen. Im Wendejahr 1989 zog ich aus, ließ die Irrgärten aus Wäsche und Befindlichkeiten hinter mir, wohnte fortan mit Sylvie und trug die Rennen des Alltags mit meinem Windhund aus.
Lucia und Harry werden sich zu meinem Abschied ein fröhliches Zwinkern gegönnt haben. „Wieder einer raus! Langsam wird's überschaubar."
Lucias Energiequelle indes brodelte in mir, gab mir Rückenwind für meine Selbstständigkeit als Malermeister. Ich riss den 31. März 1994 vom Kalender. Der Tag war ebenso erledigt wie mein Angestelltenverhältnis mit der Firma Rauch.

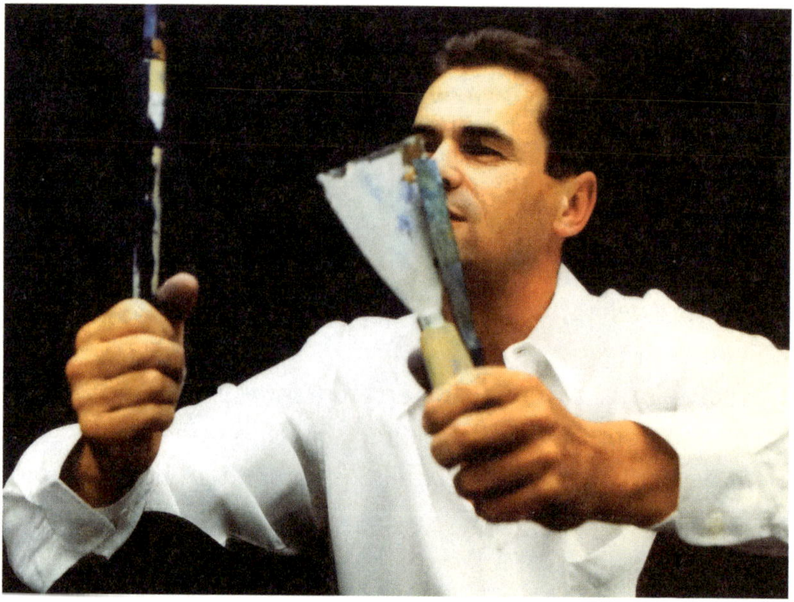

Immer schon war es mir wichtig, ...

... als Malermeister auch ...

... ein Künstler und fortwährend ...

... ein kreativer Mensch zu sein.

„Erster April", stutzte ich und war nicht wirklich zu Aprilscherzen aufgelegt. Einhundert Riesen schuldete ich der Bank und besaß dafür nun nicht nur eine reiche Auswahl an Spachteln, Rundpinseln, Flachpinseln, Fächerpinseln, Rollen, Cuttermessern, Spritzpistolen, Eimern, Tapezierwerkzeugen und Abstreichgittern, sondern auch einen Firmenwagen ohne Aufschrift.
„Malermeister Kosick", sinnierte ich, „am besten in großen Lettern." Anschließend verwarf ich den Gedanken. Sollte ich wirklich meinen Namen nebst Profession durch die Landschaft kutschieren? Ich war stolz auf meine Arbeit, wünschte mir Erfolg. Gleichzeitig wollte ich auch meine Ruhe haben. Was wäre, wenn tagtäglich Leute anriefen, mich nach Preisen löcherten und von der eigentlichen künstlerischen Arbeit abhielten? Erste Kundenkontakte und kleinere Aufträge standen nach den vielen Berufsjahren bereits in meinem hübschen, mit dem 1. April ansetzenden Firmenbüchlein. Weiteres würde sich schon finden. Die eigentliche Frage drehte sich nur darum, ob die neuen Aufträge eher eintrudeln würden als die Mahnungen und Anrufe von den Chefs bei der Bank. „Kosick, wie steht's mit den Hundertausend", geisterten die grauen Herren bald in meinen Träumen herum. Ich hätte sie rosa anstreichen sollen. So einfach aber war das nicht.
Nachdem ich den „31. März" zusammengeknüllt und in den Papierkorb geschnipst hatte, setzte ich mich für einen Moment und kitzelte meine Handfläche mit einem der herumliegenden Pinsel. Auch nach all den Jahren fühlte sich das noch lustig an. Wie viele Haare so ein Pinsel hatte, wusste ich allerdings immer noch nicht. Ob es hundertausend waren? Sicher nicht. Gleichwohl waren es mächtig viele. Ich schüttelte den Gedanken ab, strich noch einmal mit dem Pinsel über meine Handfläche und dachte erneut an eine mögliche Beschriftung meines Firmen-

wagens. Vielleicht sollte ich mir doch den Pinsel schnappen und in großen Lettern „Malermeister Kosick“ auf die Seiten meines Wagens schreiben. Ich kitzelte mich noch ein wenig und ließ es bleiben.

Mein Bruder war nicht so widerstandsfähig. „Ich mache auch Maler“, fand er einst deutliche Worte für seine Zukunft, schloss die Ausbildung ab, arbeitete viele Jahre als Geselle, machte sich selbstständig und überzog fortan den gesamten Landkreis mit seiner Werbung. Was begrüßte mich bald plakativ an der Tankstelle, schob ich als Marketingeinlage im Griff des Einkaufswagens durch den Supermarkt, sah ich fortan überall: „Malerbetrieb Kosick“.

Auch mein Bruder war einer von vierzehn und machte sein Ding. Zog später einen Farbenhandel auf, obwohl ähnlich geartete Geschäfte finanziell verdorrt waren. „Man muss präsent sein!“, gab er sich großmännisch, wollte mich rechts und links zugleich überholen und stieß irgendwie mit sich selbst zusammen.

Er scheiterte. Auch anderen Kosicks erging es ähnlich. Wollten sie das Pendel des sozialen Ansehens aus der gefühlten Asozialität unserer Kindheit in die Höhen erfolgreicher Geschäfts- und Lebemänner schwingen lassen, ging das schief. Es riss aus der Verankerung und schlug zu Boden. Wenn man zu schnell zu viel will, zerbröselt alles, der Boden öffnet sich. Mein Bruder schloss einen Laden nach dem anderen. Bald war er wieder der kleine Angestellte in der Firma der Konkurrenz.

Wenn Menschen anfangen, sich mit aller Wucht in der Gesellschaft als Erfolgsmensch zu präsentieren, scheitern sie. Sich beständig und kraftvoll eine Existenz aufzubauen, um gut und unbeschwert leben zu können, ist eines. Es für die Gesellschaft zu tun, um Eindruck zu schinden, bleibt irgendwie armselig und verloren. Noch einmal kitzelte ich mich mit dem Pinsel, freute mich des Lebens, ließ die Eigenwerbung bleiben und machte mich in meiner Malerkluft auf in die Selbstständigkeit. Mit meinen Erfahrungen im Rücken, dem Meisterbrief an der Wand, Lucias Kraftquelle und Harrys Harmonievermögen in den Genen, würde es schon klappen. Außerdem tickte irgendwo ein Künstler-Gen in mir. Ich habe schon irgendwie einen Knall damit, meine Gefühle durch Farben sprechen und die unterschiedlichsten Baustoffe nebeneinander ihre Wirkung entfalten zu lassen. Aufregend muss es sein und gleichsam harmonisch – wie für ein Leben gehört sich das auch für einen Raum. Ja, ich liebe die Harmonie, Papa Harry lebe hoch. Deshalb kotzt es mich allerdings auch an, wenn zwar die Häuser und Räume nach Abschluss meiner Arbeit klasse aussehen, meine Haare beim Blick in den Spiegel aber merkwürdig abstehen, die Falten nicht zueinander passen und überhaupt immer mehr werden. Verflixt, es gibt Zeiten im Leben, da altert man irgendwie ungleichmäßig. Nichts passt zusammen und man ruckelt optisch ins Alter wie auf einem Feldweg. Plötzlich aber stimmt das Aussehen dann wieder. Und sei es nur für einen selbst.

Was sehe ich noch heute meine Mama Lucia vor mir, wie sie im Altenheim vor jedem Verlassen des Zimmers den Kamm an sich nahm und ihre vom Leben ermatteten Haare in Form zu bringen suchte. Erst dann rollte sie aus dem Zimmer, vergaß niemals zu fragen, ob ihr „Jäckle“ ebenso „gescheit“ sitze wie ihre Frisur. Bejahte ich dies, öffnete sie die Tür. Sonst gibt man sich auf. Auch wenn niemand ihr „Jäckle“ ansah oder bemerkte, wie mühevoll Lucia die Haare gekämmt hat.

Meine Malerkluft indes bemerkt jeder. Schließlich trage ich sie seit Jahrzehnten von morgens bis abends. Nur in ihr fühle ich mich wochentags authentisch, trage die weiße Hose und die weiße Jacke wie andere ihren Anzug und genieße es nicht wenig, wenn millionenschwere Kunden mich darin zum Essen ausführen.

„Ins Restaurant?“, frage ich dann höflich. „Es macht Ihnen nichts aus, dass ich die Malersachen anhabe?“

„Herr Kosick, das ist mir ganz egal“, höre ich dann oft. „Wir gehen jetzt essen. Sie sind so, wie Sie sind.“

Ein erstklassiger Satz. Hier bin ich. Nehmt mich, wie ich bin. Oder lasst es.

Auf der Baustelle

Narben & Kinder

Zunehmend liefen mein Windhund und ich in unterschiedliche Richtungen. Wie weh es tat, das zu sehen. Wir kämpften uns aneinander ab, versuchten so vieles. Irgendwann drehte Sylvie sich um und jagte mich. Ich aber wollte mich nicht mehr fangen lassen.

Bleibende Narben. Bei uns beiden. Und auch die Sprache veränderte sich. Es galt aufzupassen, dass unsere sich in negative Schwingungen verwandelnde Liebe die Kinder nicht zu sehr durchzog, ihre Seelen nicht verwüstete. „Ja, euer Vater." Manchmal sprach sie derart zu unseren Mädchen. Wie abfällig das klang. Gleichzeitig beschwor ihr Tonfall etwas in mir herauf, das unvergessen, gleich einer mir von den Dorfbewohnern fürs Leben verpassten Narbe noch immer in mir schmerzte.

„Die Kosicks!" Wie sie das gerufen hatten. Uns verachteten. Wir Pack auf dem Weg zur Kirche, zur Schule, zum Spielen oder Schwarzfischen. Plötzlich war er wieder da, dieser abfällige, mich einhüllende Tonfall. Wie Säure brannte er sich in mich ein.

„Du brauchst einen Coach", wollte Sylvie mir klarmachen, doch ich zuckte nur mit den Schultern. Unser gegenseitiges Therapieren ging mir auf die Nerven. Jahrelang hatten wir das versucht. „Aber wo ist mein Coach die letzten Jahrzehnte gewesen?", fragte ich nur. „Mein Leben ist doch ganz gut gelungen – zwei wunderbare Töchter, Malermeister, eine Firma, also was soll der Humbug?"

Wir schafften es nicht, auch wenn wir so hart kämpften. Konnten vielleicht nicht gewinnen. Gehen wir heute manchmal aus, sehe ich uns gemeinsam mit unseren Töchtern, macht es mich traurig. Wir hätten ein gute Familie sein können. Alle vier.

Dafür war es zu spät. Was hatte ich im Jahre 2005/2006 von

einem neuen Haus geschwärmt, einem Neuanfang mit Blick auf den See. Wie gerne hätte ich unsere Spiegelbilder nebeneinander auf dem Wasser gesehen. Sie aber sprach nur von Pampa. Dahin wolle sie nicht ziehen. Wir stritten. Versuchten uns aus dem Sumpf zu ziehen und ans Seeufer zu retten. Es gelang nicht. Irgendwann stand meine Tochter Lisa mit ihren wundervollen sechs Jahren vor mir. „Papa", schenkte sie mir ein fragendes Lächeln, „Mama würde jetzt mitziehen."
Lisas Worte zerrissen mein Herz. Ich aber konnte nicht mehr. Wollte unser Desaster nicht verlängern. Unsere Beziehung bestand nurmehr aus Kampf. Sie war verloren und zerrieben. Den Windmühlen unserer Kämpfe ging der Wind niemals aus.
„Ich muss das Haus verkaufen", wurde mir klar. Anders wäre ein Schlussstrich nicht zu ziehen. Wie blöde bewegten wir uns beide noch darin, umschlichen uns, wochenlang verbannte sie mich aus dem Schlafzimmer, schmiss den Wecker und die Bettwäsche vor die Tür.
Ich schlief auf der Galerie. Auch die Kinder liebten es, dort zu sein und wir gackerten wie die Hühner. Aus dem Schlafzimmer war kein Laut zu hören. Das machte mich traurig. Im Versuch, mich zu bestrafen, hatte Sylvie sich selbst bestraft, schickte mir nach drei Wochen eine SMS.
„Hörst du jetzt endlich auf zu spinnen und kommst wieder ins Bett", las ich mehrmals ihre Worte auf dem Display. Wie eine lächerliche Anordnung von Pixeln und Licht so viel an Gefühlen, Erinnerungen und Verletzungen ausdrücken kann. Wieder öffnete ich die SMS, legte eine Fingerspitze auf die winzigen Tasten, zögerte einen Moment und tippte die Antwort. Als ich die Zeilen absendete, stürzte unsere gemeinsame Welt ein. Ihr Handy pfiff einen Empfangston, nervös richtete sie die Augen auf das Display, las, konnte nicht fassen, was dort stand, was ich

endgültig zu schreiben den Mut gefasst hatte.
„Es ist vorbei. Ich liebe dich nicht mehr."

Später fotografierte ich das Haus von allen Seiten, klickte auf „upload" und bot es im Internet zum Kauf an. Anschließend suchte ich mir auf derselben Website eine Wohnung, würde von dort aus meinen Neubau am See planen. War gespannt, was die Chefs von der Bank davon halten würden, mir einen großen Sack Geld zu leihen.

Sylvie hatte ich nicht gesagt, dass ich das Haus zum Kauf anbot. Auch wenn wir gemeinsam dort lebten, so war es doch mein Haus. Ich würde es verkaufen, uns die Basis entziehen, damit wir den Höllenkreisen, in die unsere Leben sich verwandelt hatten, endlich entrinnen konnten.
„Hast du gesehen?", sprach eine FreundIn sie bald darauf an. „Euer Haus wird verkauft."
Sylvie glaubte es nicht.
„Ja, er verkauft es", hämmerte sie Sylvie meine Tat ins Gesicht. Umgehend konfrontierte sie mich damit.
„Spinnst du?"
„Nein", wiederholte ich meinen Entschluss. „Es ist vorbei. Du kannst mit den Kindern so lange dort wohnen, bis ein Käufer kommt."
Der kam schnell. Meine Familie nahm sich eine Wohnung in der Nähe. So war ich den Kindern nahe. Mein einstiger Windhund hasste mich, lief aufgebracht und traurig herum. Immer wieder hatte ich gekämpft und war geblieben. Ganz wie bei Herrn Mann. Das Loslassen lag mir nie. Zu sehr war ich auf Harmonie und positive Änderungen bedacht. So aber spielt das Leben nicht. Manchmal muss man einfach loslassen und hineinfallen

in etwas Neues.

Immerhin haben die Kinder von unserem Rosenkrieg keinen Knacks bekommen. Regelmäßig treffen wir uns, verreisen gemeinsam, schenken uns unsere Zeit.

„Hey, Lisa, was machst du?“, rufe ich meine heute erwachsene Tochter immer mal an.

„Nichts.“

„Gut“, freue ich mich, „gehen wir essen?“

„Klar!“, lacht sie dann.

„Rufst du die Tani auch an?“

„Japp!“ Schon ist unser Supertrio unterwegs.

Unser „Supertrio“: mit meinen Töchtern Tanja (l.) und Lisa

Teil II – Kämpfe

Diese Windmühlen kriege ich zu fassen, hänge mich an die Flügel, lasse mich rumschleudern, klammere mich fest, bringe die verdammten Dinger ins Taumeln und reiße sie um – wenn auch meine Anwälte beteuern, das gehe doch nicht, da verliere man nur, gegen den Autokonzern, die Steuerbehörde, die Sparkasse oder das Gericht selbst. Auch aus meinem zunehmend faltigeren Gesicht leiste ich mir dann, das eine Wort zu sagen: „Arschlecken."

Manchmal muss man eben kämpfen.

Wer gut zu mir ist, bekommt das Dreifache an Positivem zurück. Verhält sich jemand hinterhältig und falsch, gibt's einen neuen Anstrich oder eine Klage. Will ich mir denn ein Magengeschwür holen? Nein, will ich nicht.

Der Hausverkauf

Sie ist ganz nett. Er aber ist ein Arschloch. Mein wacher Blick bemerkte das sogleich. Dennoch ließ ich die Kaufinteressenten eintreten.
„Sagt Ihnen das Haus zu", führte ich die beiden in die Halle, „nehmen wir nach dem Rundgang einen Kaffee und beraten uns. Falls nicht, trinken wir auch einen und verabschieden uns."
Offenbar gefiel der Frau meine Offerte. Sie lachte, während ihr Mann nicht darauf einging und bereits alles zu inspizieren begann. Später tranken wir den Kaffee und berieten uns. Sie kamen wieder. Wollten das Haus.
„Was ist mit den Möbeln?" Der Mann hatte Gefallen an unserer Einrichtung gefunden.
„Einen Teil des Inventars können Sie erwerben", sagte ich ihm und verspürte gleichzeitig einen Stich. Wie nahe waren mir all diese Dinge, viele Jahre lebten wir mit ihnen. Gleichwohl einigten wir uns. Der Mann erstellte eine Inventarliste und wedelte alsbald mit dem Zettel vor mir herum.
„Ich bräuchte noch Ihre Unterschrift, Herr Kosick", trat er übertrieben freundlich an meine Seite. „Wir fügen die Liste dem Kaufvertrag bei."
Der Gute wirkte nervös und übereilt. Ich nahm die Liste an mich, studierte sie gründlich und blieb an mehreren Stellen hängen. Hatte der Typ doch einige Möbelstücke untergemischt, die wir

beim gemeinsamen Rundgang ausdrücklich vom Erwerb ausgeschlossen hatten. „Arschloch“, sagte ich mir und wies ihn auf den als Schlampigkeit getarnten Betrug hin. „Schauen Sie mal, bitte. Diese Möbelstücke stehen ja nicht zum Verkauf. Wir sprachen doch darüber.“

Gleich eilte seine Frau herbei, warf über meine Schulter hinweg einen Blick auf die Liste und echauffierte sich. „Ich habe es doch gesagt, Liebling, der Schrank dort und die Stühle ... Ach du weißt schon, die gehören doch nicht auf die Liste.“

Natürlich wusste der Trickser das, grummelte etwas und strich die genannten Gegenstände durch. Ich unterschrieb, würde vorsichtig sein müssen und fand mich kurz vor dem Notartermin der nächsten seiner Volten ausgesetzt. Einen Anteil von 50.000, - Euro des Kaufpreises würde er zahlen, sobald sein eigenes Haus verkauft sei. Immerhin besaß er ein Haus, bot es an und stöhnte auch nicht über den üppigen Preis meines Eigenheimes. Also willigte ich ein.

Wir unterschrieben den Vertrag. Mister Trickser und seine liebe Frau bezogen das Haus, der größte Teil des Kaufpreises ging ein. Die Fünfzigtausend zur Schlüsselübergabe allerdings kamen nicht. Dabei hatte er sein Haus längst verkauft. Freundlich, nachdrücklich und schließlich bestimmt wies ich darauf hin. Schon brannte der Ärger los.

„Du hast uns zu wenig Quadratmeter verkauft!“, konnte ich kaum fassen, was nun seine Frau mir vorhielt. Schließlich gab es einen Kaufvertrag, in dem alles geregelt war.

„Schau in den KV“, antwortete ich karg, „da steht alles.“

„Ist zu klein“, sagte sie wieder, da wurde ich deutlich. „Ihr wohnt seit Wochen in dem Haus. Ich erwarte nun die Restzahlung, sonst werde ich klagen.“

„Na, dann mal los“, beendete sie das Gespräch und ich reichte

Vollstreckungsklage ein. Welche Klagelieder meine Erlebnisse vor Gericht in mir heraufbeschwören würden, konnte ich damals nicht erahnen.
„Können wir uns einigen?“, wollte der Richter gleich zu Beginn der Verhandlung wissen. „25.000, - Euro, Herr Kosick, würden Sie sich damit zufrieden geben?“
„25.000, -“, konnte ich nicht glauben, was ich hörte. Warum sollte ich wohl auf die Hälfte des mir zustehenden Betrages verzichten?
„Ich einige mich gar nicht“, stellte ich klar. „Hier ist der Notarvertrag und da steht eine Fünfzig vor den Nullen.“
„Herr Kosick, überlegen Sie bitte erst einmal, bevor Sie losschimpfen“, wies der Richter mich zurecht.
„Da muss ich nicht überlegen“, deutete ich erneut auf den Vertrag. „Fünfzig steht hier drin.“
Von dieser Sekunde an hasste der Richter mich wegen meiner Widerworte. Weiteres wurde verschoben, der Folgetermin ließ fast ein Jahr auf sich warten. Mister Trickser und seine Frau wohnten in dem Haus, von dem mir mindestens noch zwei Zimmer und das Klo gehörten, und rückten mit dem Geld nicht raus. Selbst hatte ich inzwischen neu gebaut, mit den fünfzig Riesen kalkuliert, und das Wasser stand mir – immerhin mit Blick auf den hübschen See an meiner Terrasse – bis zum Hals.

Fight for your right!

„Herr Kosick, wie schaut‘s aus? Sind Sie zu einer Einigung bereit?“, träumte der Richter nach bald einem Jahr weiterhin von einer solchen. Also weckte ich ihn mit einem freundlichen „Nein“ aus diesen Träumereien, spürte sogleich eine Abneigung gegen mich widerwilligen Günscheck in ihm aufsteigen und hörte den Richter seine Stimme erheben.

„Aber es sind doch Mängel da!"

„Ich will alles", betonte ich nun doppelt angefressen, da er mich bei meiner Handwerkerehre gepackt hatte. „Mängel", brodelte die Galle in mir. Wenn ich das schon hörte. Offenbar meinte jeder, fortwährend imaginierte Mängel in die Welt setzen, dann klagen und die Hälfte der Kosten sparen zu können. Mein Haus war ohne Schandflecke übergeben worden, dafür hatte ich schon gesorgt.

„Ich will", sagte ich, „was mir zusteht." Clint Eastwood hätte das nicht härter sagen können. In mir indes flatterte es gewaltig.

„Bestellen wir also eine Gutachterin", verkündete der Richter, die Verhandlung wurde verschoben und eine Dame, die von Farbenlehre ähnlich viel Ahnung hatte wie eine Kuh vom Stabhochsprung, schlenderte alsbald mit ihrer Mängelliste durchs Haus. Die nächste Verhandlung kam und sie posaunte eine Summe in den Gerichtssaal: „etwa 5.500, - Euro."

„Aha", wirkte der Richter zufrieden. „Herr Kosick, also doch Mängel." Ein Revolver ging mir in der Tasche los. Beinahe verzweifelte ich, während die Gutachterin die vorgefundenen Mängel erläuterte. Das mediterrane Wolkenbild an der Fassade sei ungleichmäßig, beschwor sie, außerdem gebe es hier und dort einige Flecken an den Wänden. Ich hätte schreien können. Sicher aber wäre die Farbe von den Wänden des Gerichtssaales geplatzt und sie hätten meinem zuständigen Kollegen auch gleich Mängel untergejubelt. Also ließ ich es bleiben und kombinierte mit anschwellendem Zorn: Seit mehr als zwanzig Monaten wohnte der Käufer in dem Haus. Wir stritten über sechzig Riesen und die Gutachterin pustete das mediterrane Wolkenbild nebst anderen vermeintlichen Mängeln mit aller Macht auf

mickrige 5.500, - Euro auf.
„Ein Wolkenbild ist ein Wolkenbild“, dichtete ich beinahe in den Gerichtssaal, „weil es ungleichmäßig aussieht wie die Wolken am Himmel. Wäre es das nicht, wäre es kein Wolkenbild.“
Meine Lyrik in Gottes Ohr, im Saal allerdings reagierte niemand darauf und der Richter bedankte sich freundlich bei der sich nun setzenden Gutachterin.
„Wir müssen den Richter loswerden“, flüsterte ich in Richtung meines Anwalts. Der aber schüttelte nur den Kopf und antwortete leise. „Wir werden ihn nicht los.“ Gleich wandte ich mich wieder dem Hohen Gericht zu und sprach nun die Gutachterin an.
„Sehr geehrte Frau Gutachterin“, sagte ich höflich, „ich habe eine Frage.“ Etwas krampfhaft sah sie mich an, während der Richter die Frage zuließ. „Können Sie mit hundertprozentiger Gewissheit sagen, dass die angeblichen Mängel zum Zeitpunkt der Übergabe des Hauses bereits vorhanden waren?“
„Nein“, antwortete sie sehr professionell, „das kann ich nicht, weil ich nicht rückblickend gutachten kann.“
„Die Gutachterin kann die Mängel nicht zuordnen und sagt das auch noch deutlich“, jubilierte ich kurz darauf mit meinem Anwalt und einigen Freunden auf dem Flur des Gerichtes. „Das kann doch nur gut ausgehen für uns. Immerhin haben wir fünf Zeugen für diese Aussage.“
„So sehen Sieger aus!“, summten mein Anwalt und ich innerlich beim Verlassen des Gerichts. Das musste doch jetzt gelingen. Unsere hübsche Melodie erstarb jedoch nach ca. drei Wochen, als ich das Urteil erhielt. Ich öffnete das Schreiben, hatte die Klage verloren. „Die Gutachterin hat das Gericht überzeugt“, stand dort tatsächlich.
Sie wollten mich fertigmachen. Anders konnte es nicht sein.

Die Summe für die Mängel hätte ich ja weggesteckt, der Käufer nutzte jedoch seinen Rückenwind und überzog mich nach knapp drei Jahren zusätzlich mit einer Schadenersatzklage in Höhe von über 120.000, - Euro. Am liebsten wäre ich aufgesprungen und hätte ihm einige Mängel verpasst, riss mich aber zusammen und las, was er mir vorzuwerfen hatte. Er könne den Dachboden nicht ausbauen, hieß es.
„Das war keinerlei zugesicherte Eigenschaft", machte ich meinem neuen Anwalt klar und verwies auf den Notarvertrag. „Das Dach ist da, weil es sonst reinregnet. So einfach ist das."
Einen Vergleich würde der Richter vorschlagen, darauf machte ich jede Wette. Eine tolle Einigung „in der Mitte" und die sechzig Riesen, die der Käufer mir seit einer Ewigkeit schuldete, hätten sich einfach in mediterrane Wolken aufgelöst. Anschließend hätte ich für die angeblichen Mängel zahlen müssen und die Jungs von der Bank wären wegen der luftigen Finanzierung meines Neubaus fortwährend um mich herumgetänzelt. Die Banker aber würde ich mir auch noch vorknöpfen, beschloss ich, während aus meinem Umfeld nichts anderes zu hören war als „vergleich di, Günscheck, mach´ Frieden".
„Nein", zischte ich beinahe. Ging in Berufung und malte mir aus, wie die Richter des Landgerichts gemeinsam mit ihren Kollegen vom Oberlandesgericht in der Kantine speisten und über den Vollpfosten von Malermeister diskutierten, der nun tatsächlich in Berufung ging und an der Justiz nagte. Fast wie bei Otto, musste ich lächeln, wenn dieser im „Hohen Gericht" witzelt: „Hohes Gewicht, liebe Geschwollenen, Angenagter ..."
„Guten Appetit", murmelte ich beim Gedanken an das richterliche Mittagessen, las erneut die Unterlagen meiner Berufung und erhielt bereits nach ca. vier Wochen ein Schreiben vom Oberlandesgericht. Essensreste waren nicht daran, enthalten

aber ein deutlicher Hinweis, dass es besser sei meine Berufung zurückzunehmen, da keinerlei Aussicht auf Erfolg bestehe.
Sie nahmen mich in die Zwickmühle – das Gericht, der Verkäufer mit seiner Klage, die Banker mit ihren Anrufen. Ich schüttelte mich. Diese Ketten musste ich sprengen. „Jetzt“, beschloss ich, „geht es erst richtig los.“
Fragte sich nur wie.
Ich überlegte. Überlegte weiter. Überlegte mit ganzer Kraft und brachte, kurz bevor die Sicherung rausflog, eine Idee ans Tageslicht. Sogleich rief ich meinen Anwalt an und unterbreitete ihm den Masterplan.
„Wir lassen den Kaufvertrag für ungültig erklären.“
„Ungültig?“, stutzte er nur.
„Ja, ungültig“, wiederholte ich und ein ganzes Heer von Anwälten schüttelte den Kopf. Der Käufer könne möglicherweise so etwas erreichen, niemals aber und auf keinen Fall, so betonten sie, der Verkäufer.
Ich hörte mir das an. Las mich weiter in die Juristerei hinein und stellte die nächste Frage.
„Ist der Notarvertrag eigentlich ein eigener oder, zusammen mit den Möbeln, ein Verbundvertrag?“
Zwei Anwälte, zwei Meinungen. Ich rief meinen Notar an. Eine ganze Stunde telefonierten wir und kamen einen Schritt weiter.
„Herr Kosick“, sagte der Gute, „eine Rückabwicklung werden Sie sicher nicht erreichen. Das wäre wirklich erstaunlich. Aber Sie müssten beweisen, dass der Hauptvertrag nicht zustande gekommen wäre, wenn Sie nicht auch den Nebenvertrag geschlossen hätten.“
„Danke für das Gespräch“, freute ich mich über die Marschrute, rief meinen Anwalt an und fiel mit der Tür ins Haus. „Ich hab‘ ne Möglichkeit, den Vertrag ungültig zu machen“, stellte ich kurz-

um klar und erläuterte meinen Plan.

„Herr Kosick“, legte er eine Kunstpause ein und bremste meine Euphorie. „Sie werden kein Gericht finden, das Ihrer Begründung folgt.“

„Bitte setzen Sie ein Schreiben auf“, bat ich ihn dennoch, legte gleich los und hörte meinen Anwalt sich Notizen machen. Offenbar gefiel ihm mein Mut und spornte ihn zu Neuem an. „Wir machen ‘ne Nebenklage“, zog ich in die Schlacht, „und fordern die 15.500, - Euro aus dem Nebenvertrag für die Möbel ein. Weil der Käufer so gierig ist, sagt er bestimmt, dass der Nebenvertrag nicht gültig ist. Weil wir einen Verbundvertrag haben, erklärt er aber damit auch den Hauptvertrag für ungültig. Und – zack – hat er den Salat“, freute ich mich, mein Anwalt schrieb und bald saßen wir wieder im Gerichtssaal. Der Richter hangelte verbal durch den Dachstuhl und klopfte die Möglichkeiten des Ausbaus ab. Langsam aber fanden wir uns zu einem interessanten Dialog zusammen.

Richter: „Na ja, dass mit dem Ausbau des Dachbodens ...“

Kosick: „Das ist doch keine zugesicherte Eigenschaft gewesen. Steht doch nix davon im Notarvertrag.“

Richter: „Da müsste man eventuell einen Gutachter einschalten.“

Kosick (überaus störrisch): „Außerdem ist der Vertrag ja sowieso ungültig.“

Ein Aufschrei beim Käufer und dessen Anwalt.

Käufer: „Nein, nur der Nebenvertrag.“

Richter: „Wir müssen das mal prüfen. Aber wenn der Nebenvertrag ungültig ist, wie Sie sagen, kann ja auch der Hauptvertrag ungültig sein.“

Ich nickte. Der Käufer wandte sich seinem Anwalt zu und der Richter suchte ein weiteres Mal den Weg der Einigung.

Richter: „Können wir uns nicht einigen?“
Kosick: „Ich will nicht mehr sechzig, sondern 98.000, - Euro inklusive Zinsen. Seit mehr als vier Jahren warte ich auf das Geld.“
Nach reiflicher Überlegung meldete sich der Anwalt des Käufers zu Wort: „Wir bieten 28.000, -.“
Richter: „Überlegen Sie sich das bitte, Herr Kosick, wir wissen ja nicht, wie es ausgehen wird.“
Das Blatt wendete sich langsam. Das spürte ich und lehnte die geizigen 28.000, - mit einem Lächeln ab. Nach etwa vier Wochen überreichte meine nette Postbotin mir wieder einmal ein Schreiben vom Gericht. Ich hasste die Dinger. Sie machten mir Herzklappenrisse. Gleichwohl riss ich den Brief auf, staunte und atmete plötzlich frei wie ein Yogi. Die Klagen über etwa 120.000, - Euro und weitere 15.000, - Euro wurden zurückgewiesen, hieß es, weil ...
– umgehend begann ich zu tänzeln –
kein gültiger Kaufvertrag vorliege. Die Hütte gehörte wieder mir. „Auf See und vor Gericht“, kicherte ich, „ist man wirklich in Gottes Hand.“

Warum nicht auch die Bank verklagen?

Nach anfänglichen Tücken hatten mir meine Hartnäckigkeit, der Mut und Übermut sowie der nachhaltige Einsatz von Gehirnschmalz vor Gericht einen schönen Sieg eingebracht. „Wo es gerade so gut läuft“, sinnierte ich also, „wäre es doch an der Zeit, meine Bank wegen dem ollen Immobilienfonds zu verklagen.“
Gleich kramte ich die Unterlagen hervor. Nicht nur hatten die Jungs von der Bank mit einer Kick-back-Zahlung hinter meinem Rücken vier Prozent extra abgesahnt, der Fonds entwickelte

sich auch miserabelst. Mehr als 50.000 Euro hatte ich reingesteckt, die Banker verlegten sich nun darauf, mich möglichst bis zur Verjährung einzulullen.
„Das Ding hatte vier Jahre eine Nullrunde“, führte ich mir die Zahlen vor Augen und imitierte mit meinem Malermeisterfinger die Performance. „Der Fonds erholt sich nicht“, wurde mir immer klarer. „Die Anlage ist falsch gezeichnet und die Bank hat mich mit falschen Vorgaben geködert. So sieht es doch wohl aus. Ich will mein Geld zurück.“ Sofort schrieb ich einen Brief an die Bank, bat um ein Gespräch, um freundlich etwas auszuhandeln. Gerne hätte ich Frieden gemacht, bis heute indes erhielt ich keine Antwort auf das Schreiben.
Wütend schaute ich mich im Internet nach Anwälten um. Aus der Region wollte ich niemanden. Sicher hätte der mit dem die Bank vertretenden Kollegen einen Vergleich ausgeklüngelt, damit beide Anwälte doppelt verdienten. Das kannte ich schon, schaute online in die Ferne und fand vermeintliche Experten in Bremen, Hamburg und Heidelberg.
„Grüß Gott, hier ist Kosick“, rief ich zuerst an der Elbe an, erläuterte den Sachverhalt und erntete jede Menge Eigenlob der Kanzlei. Ausgezeichnete Ergebnisse habe man in ähnlichen Fällen vor Gericht eingefahren.
„Aha“, kommentierte ich nur und erbat einige Referenzen und Urteile per E-Mail. Schweigen im Funknetz. Schließlich bekannten sie Farbe. „Ehrlich gesagt haben wir in diesem Rechtsgebiet erst begonnen“, erklärte mir die Hanseatin. Referenzen lägen deshalb leider noch nicht vor.
„Aha“, sagte ich wieder, verabschiedete mich, legte auf und rief in Bremen an. Höflich wies man dort darauf hin, dass zuerst ein Fragebogen auszufüllen sei. Umgehend würde man mir diesen mailen.

„Gerne", verabschiedete ich mich, checkte E-Mails, klickte auf den bereits eingegangenen Fragebogen und sah ganze achtzig Seiten sich vor mir aufplustern. Sofort klickte ich das Fenster zu und rief in Heidelberg an.
Das Telefonat verlief angenehm. Der Anwalt kannte meinen Fonds, öffnete mir hinsichtlich der Kick-back-Zahlung die Augen und verknüpfte das bevorstehende Ende des Jahres 2011 mit dem zur Eile mahnenden Wort „Gesamtverjährung".
„Na, dann lassen Sie uns beginnen", beauftragte ich ihn und hörte gut zu, als der Anwalt nun aus seinem Erfahrungsschatz plauderte.
„Sollten Sie Kredite oder sonstige Verpflichtungen bei der Bank haben, Herr Kosick, dann werden Sie Gegenwind spüren", weissagte er mir.
„Das schaffen wir schon", plauderte ich ein wenig aus meinem Privatleben. „Ich bin einer von vierzehn. Seit meiner Geburt kenne ich mich mit Gegenwind aus."
Der Anwalt lachte und schrieb die Bank an. Auch diesmal kam keine Antwort. Wir beschlossen, Klage einzureichen. Beinahe bekam meine Frau keine Luft mehr, als sie davon hörte.
„Du hast alles bei der Bank", versuchte sie mich zu bremsen. „Deine Darlehen, dein Geschäftskonto, den Kontokorrentkredit, alles ..."
„Die haben mich betrogen", sagte ich nur.
„Das kannst du nicht beweisen", fuhr sich mich an.
„Doch", beendete ich das Gespräch und rief meine Beraterin bei der Bank an. Freundlich wie immer begrüßte sie mich.
„Ich möchte Ihnen nur eines sagen", verdüsterte ich die Stimmung, „Ihre Chefs werden eine Klage von mir auf den Tisch bekommen."
„Bitte?", hakte sie sogleich unruhig nach. „Wegen was denn?"

„Mein Fonds, Sie wissen schon“, sagte ich. „Ich habe irgendwie das Gefühl, über den Tisch gezogen worden zu sein. Vor Gericht möchte ich nun herausfinden, ob das stimmt.“
„Ja, Herr Kosick“, wurde sie sogleich etwas zickig, „das habe ich mir schon gedacht, dass von Ihnen so was kommt.“
Umgehend unterband ich diesen Anflug. „Ach“, sagte ich, „das steht ihnen gar nicht zu, so etwas zu sagen. Ich möchte die Sache mit dem Fonds lediglich geklärt haben. Sie sollten das nicht persönlich nehmen.“
Sie sagte nichts. Noch einmal erläuterte ich, worum es mir ging. „Ich möchte die Sache einfach nur geklärt haben und darf doch wohl hoffen, dass unsere sonstigen Geschäftsbeziehungen nicht darunter leiden. Nehmen Sie es sachlich“, fuhr ich fort, „nicht persönlich. Ich hoffe und vertraue darauf, dass wir gut und fair miteinander umgehen.“
Das Gespräch war beendet, wir reichten Klage ein und mir wurde mulmig. Hoffentlich war diese Schlacht nicht zu heiß, grübelte ich. Immerhin aber hatte ich mir einen guten Anwalt gesucht. Einen echten Profi, von dem am ersten Verhandlungstag in Frankfurt allerdings nichts zu sehen war.
„Wo bleibt der nur?“, schlich ich unruhig über den Parkplatz, durch die Flure des Gerichtsgebäudes und bis vor den Verhandlungssaal. Dort geisterten die Anwälte der Bank bereits herum. Nur mein Profi war nicht da.
Endlich klingelte mein Handy. Mindestens eine Stunde brauche er noch, vernahm ich die Stimme meines Anwalts, ein Auffahrunfall, ob ich die anderen Anwälte hinhalten könne?
„Keine Ahnung, wird schon gehen“, mutmaßte ich und sprach die Männer vor dem Gerichtssaal an.
„Sind Sie die Anwälte gegen Kosick?“
Wie das klang – „gegen Kosick“. Offenbar nahm ich schon die

Gerichtssprache an. Die Männer nickten.
„Mein Anwalt“, untertrieb ich zu fünfzig Prozent, „trifft erst in dreißig Minuten ein. Ein Unfall. Nicht seine Schuld. Er lässt Sie bitten, etwas später zu beginnen.“
Die Männer willigten ein und auch die Richterin konnte ich überzeugen. Exakt dreißig Minuten später fand ich dann die Tür zum Gerichtssaal offen. Ich ging rein, schweigend warteten alle, schauten irgendwie blöd aus der Wäsche. Beim Gedanken daran, dass mein Anwalt noch mindestens dreißig Minuten brauchen würde, wurde mir mulmig. Derart totenstill würde unsere Runde niemals eine weitere halbe Stunde existieren, ohne dass jemand das Ganze abblies. Jemand müsste ein Gespräch herbeizaubern, spürte ich, sah mich um und kam zu dem Schluss, dass ich offenbar der Einzige war, der das anzugehen gedachte.
„Sind Sie aus München?“, stellte ich einem Anwalt der Bank eine vollkommen überflüssige Frage. Er murmelte eine Antwort, ich hakte ein und verwickelte alsbald auch die nette Richterin in ein aufflammendes Gespräch. „Haben Sie eigentlich eigene Parkplätze hier für die Richter?“
Sie verneinte das. Dennoch wusste ich nachher fast alles über sie. Dass sie mit dem Rad kam, wo sie Urlaub machte ...
„Herr Kosick, jetzt wird es aber langsam Zeit“, unterband sie nach einer halben Stunde dennoch meinen drängenden Wunsch nach weiterer Konversation. Schnell rief ich meinen Anwalt an und freute mich über das, was er mir sagte.
„Er ist schon beim Pförtner“, ließ ich die mir inzwischen recht vertraute Runde sogleich wissen. Schon eilte mein Anwalt herbei und die Richterin stellte die unvermeidliche Eingangsfrage.
„Findet eine Einigung statt?“
„Die Bank lässt Herrn Kosick 10.000 der 50.000 Euro des Kredits nach“, offerierte sogleich ein Anwalt der Gegenseite.

Sie wollten mich abspeisen. Wie üblich. Meine Locken richteten sich etwas auf, ich räusperte mich und unterbreitete meinen Vorschlag mit kurzen, Faustschlägen ähnlichen Sätzen. „Den Fonds zurück. Den Kredit auf Null. Alle meine Zahlungen zurück. Zinsen zurück. Alles, was gezahlt wurde, zurück. Alles auf Null."
„Auf Null", geisterten die beiden Wörter durch das einsetzende Schweigen. „Keine Einigung", stellte die Richterin fest und ich grinste kurz.
Die Verhandlung wurde eröffnet und alles rollte in meine Richtung. Lediglich einen kleinen Teil aus der Anlage sollte die Bank behalten dürfen.
„Mach' ich nicht", war ich mehr als skeptisch. „Was meinen Sie, wenn der Fonds pleitegeht? Die laufenden Kosten bei einem Immobilienfonds mit all seinen Hausmeistern und Heizkosten ist gigantisch. Nachher häng ich da mit drin."
Ich lehnte das Angebot ab, ging in Berufung, bekam mein Recht und die Bank musste 100 % zurückzahlen. Auch erhielt ich nach eineinhalb Jahren ein Schreiben, das den Immobilienfonds als pleite vermeldete. „Was hätte ich da nicht alles zuschießen müssen?", freute ich mich darüber, zwischen all den Vergleichen und guten Ratschlägen nicht den Verstand verloren zu haben. Abgekämpft betrachtete ich die Zahlungseingänge von der Bank, während in meinem Umfeld, wie das gerne getan wird, wieder mal alle von Glück sprachen. „Der Günscheck, was hat der doch immer für ein Glück!"
Die Bank kotzte. Sie hatten auf ganzer Linie verloren. Zusätzlich wurde ihnen klar, dass mein einstiger Hauskäufer, ebenfalls Kunde der Bank, sein Darlehen zu keiner Zeit über das Grundbuch hatte sichern lassen. Die Vorstände drohten vermutlich, ihre Leute an den Krawatten aufzuknöpfen. Derart nervös und eindringlich jedenfalls drängten die Banker nun mich zu einer

sofortigen Klärung und allen Eintragungen. Der Käufer jedoch wohnte noch in dem Haus. Die Hütte gehörte wieder mir und ich würde ihm den Kaufpreis erstatten müssen. Etwa 400.000, - Euro hatte der Käufer vor zehn Jahren für das Haus bezahlt. Der Immobilienmarkt aber war inzwischen explodiert, vor Gericht wollte er nun maßlos mehr und das Gerangel ging in die nächste Runde. Der Unterschied zu einst war jedoch, dass ich einiges an Juristerei gelernt hatte und die Konversation im Gerichtssaal mir beinahe Freude bereitete.

Käufer: „608.000, - Euro will ich für das Haus."

Gezahlt hatte er 2006 indes nur etwa 400.000, - Euro.

Kosick: „Ich zahl' 300.000, -. Immerhin wohnen Sie ja schon zehn Jahre drin und die Miete bei der gehobenen Ausstattung und erstklassiger Lage ..."

Richter (stutzte, sagte es dann tatsächlich): „Also versuchen wir doch erstmal, eine Einigung zusammenzubringen ... Also Sie fordern 608.000, - und Herr Kosick ist bereit, 300.000, - zu zahlen. Ich sehe also bei 400.000, - eine Möglichkeit."

Wie störrische Kinder schüttelten der Käufer und ich die Köpfe.

„Herr Kosick", offerierte der Richter, „möchten Sie sich kurz mit Ihrem Anwalt beraten?" Wir nickten und standen prompt auf dem Flur.

„Für wie viel kannst du das Haus verkaufen, Günther?", fragte mein Anwalt gleich.

„500.000 mindestens", nannte ich eine Summe.

„Ist doch rund für dich. Nehmen wir den Vergleich an", ereiferte er sich.

„Ne", sagte ich nur. „Geht nicht."

„Geht nicht?", verstand er die Welt nicht mehr.

„Ne", wiederholte ich.

„Bischt verrückt?", fragte er nur.

„Weiß nicht", sagte ich, „ist ja kein Arzt da."
„Okay", brachte es der Richter schließlich auf den Punkt, „Sie nehmen nicht an, Herr Kosick?"
„So ist es", schüttelte ich meinen Sturkopf.
„Angenommen, wir gehen auf 350.000, - runter", kappte der Richter die Summe um weitere 50.000. „Wie sieht es dann aus?" Innerlich jubilierte ich, er bog den Betrag in meine Richtung, also hatte ich deutlich mehr Recht in meiner Waagschale. Gleich dachte ich an meinen Fonds und die netten Leutchen bei der Bank.
„Herr Kosick", hakte der Richter nach. „350.000, - Euro – wie sieht es damit aus?"
„Geht nicht", sagte ich und erntete Totenstille. Wieder stand ich mit meinem Anwalt im Flur. „Bist du nicht ganz dicht, Günther? Der Richter geht doch voll auf dich zu."
„Weiß ich wohl", grinste ich. „Aber die Nebenkosten will ich auch noch. Schließlich lief alles die ganzen Jahre über mich."
„Auf deine Verantwortung", nickte mein Anwalt, wir gingen wieder rein und er unterbreitete meinen Vorschlag.
„Sehr geehrtes Gericht, Herr Kosick ist im Prinzip mit dem Vorschlag einverstanden, aber ..."
„Aber?", nahm der Richter das letzte Wort auf und verzog das Gesicht. Es schien ihm Bauchschmerzen zu machen.
„Aber ...", wiederholte mein Anwalt, „... die Nebenkosten will Herr Kosick auch noch. Das sind 12.000, - Euro."
Die Gegenseite ließ einen Aufschrei hören, als verlangten wir etwas Schreckliches oder Unmoralisches. Offenbar war es das aber nicht. Wir schlossen mit 340.000, - Euro ab; in einer Stunde hatte ich 60.000 verdient. „Dafür hätte ich 'ne ganze Menge Heizkörper spritzen müssen", freute ich mich wie ein Malerkönig. Auch diese Gegenseite, es lässt sich nicht anders sagen,

kotzte. Und mir ging der richterliche Beschluss zu. Bis zum 18. Oktober seien etwa 340.000, - Euro auf das Konto des einstigen Käufers zu überweisen. Schnell wie der Wind schienen die Jungs von der Bank plötzlich wieder meine Freunde zu sein und rissen sich darum, mir die Summe zu finanzieren.

„Ihr gebt mir das Geld, obwohl ich euch damals verklagt habe?", erschien mir die Sache suspekt.

„Na ja", sagte mein jahrelanger Bankbetreuer, schließlich sei das eine gänzlich andere Sache.

„Na dann", befand ich, „bringen wie diese gänzlich andere Sache ins Laufen." Der Banker rechnete, schickte mir ein Angebot. Es gefiel mir, bis ein Bekannter von einer anderen Bank einen noch besseren Zinssatz anbot. Banker eins wurde unruhig, lud mich zum Kaffee ein und werkelte den Zinssatz noch etwas weiter runter.

„Okay", sagte ich, reichte ihm die Hand, vertraute ihm. Bis zum 11. Oktober. Genau eine Woche vor dem gerichtlich angeordneten Zahlungstermin klingelte mein Handy. „Banker eins", leuchtete sein Name auf meinem Display, als ich das Gespräch annahm. „Günther", hörte ich gleich, dass etwas nicht stimmte.

„Ja?"

„Schlechte Nachrichten."

„Ja?"

„Wir finanzieren dich nicht. Die Vorstände haben gesagt, du hast uns verklagt und das habe ein Schweinegeld gekostet."

„Wirklich wundern tut mich das jetzt nicht", sagte ich zynisch und riss mich zusammen. Auch ihm hätte ich am liebsten einige Mängel verpasst, brauchte ich doch in einer Woche das ganze Geld.

„Aber hast du mich nicht von der anderen Bank wieder zu euch rübergezogen und mir schöne Augen gemacht mit deinem

nochmals reduzierten Zinssatz?“, nagelte ich ihn mit meiner Juristerei an den Schreibtisch. „War das nicht eine mündliche Zusage? Ich musste ja auf dich vertrauen. Das Ganze ist doch ein Komplott. So jedenfalls wird das Gericht es sehen.“
Die Vorstände hätten das letzte Wort, betonte der Banker und irgendwann ging auch dieses Telefonat zu Ende. Mit dem Kleisterpinsel hätte ich den Typen ersticken können. Ein Riesenärger drohte mir seitens des Gerichts, wenn ich nicht rechtzeitig zahlte. Am selben Tag noch suchte ich Banker zwei von der anderen Bank auf. Eigentlich hatte ich ihm bereits abgesagt.
„Ich brauche das Geld“, ließ ich ihn wissen. „Von euch.“
„Günther“, stellte er fest und schluckte, „wir haben nur noch eine Woche.“ Ich nickte und motivierte ihn mit einem Lächeln.
„Versuchen wir's“, wandte Banker zwei sich seinem Rechner zu, der Bildschirmschoner zuckte weg und einige Zahlenreihen tauchten auf. „Aber wir brauchen einen Zweizeiler von deiner Bank, dass das Grundbuch frei wird.“
Umgehend rief ich Banker eins an, der mich ins Messer hatte laufen lassen und tatsächlich kam der Zweizeiler. „Dem Anliegen wird zugestimmt“, hieß es kryptisch. „Eventuell mit Auflagen.“
„Auflagen?“, grollte ich beim Lesen. Ein Haufen Scheiße war das Schreiben wert und auch Banker zwei bohrte sofort nach. „Was für'n Hund issen da begraben mit diesen eventuellen Auflagen?“
„Keiner“, schwor ich ihm. „Nicht mal ein Wellensittich. Die Bank will mich nur ärgern, weil sie damals die Sache mit dem Fond verloren hat.“
Zufrieden wirkte mein Gegenüber nicht. Vor seinem Chef würde er damit nicht weit kommen. Am Abend schrieb ich an Banker eins. „Ihre Vorstände“, ließ ich ihn wissen, „heulen und bocken wie kleine Kinder. Nur weil sie damals verloren haben.“ Sicher

führte das Schreiben zu nichts, gleichwohl fühlte ich mich besser und bekam prompt eine Antwort.
„Wenn ich das dem Vorstand gebe", rief Banker eins mich an, „kündigen sie dir alles auf, dein Geschäftskonto, die laufenden Kredite ... alles!"
„Okay", konterte ich und legte verbal die Hände an seine Gurgel. „Dann sehen wir uns vor Gericht. Du hast mir 'ne mündliche Zusage auf das Darlehen gegeben und mich dann voll ins Messer laufen lassen."
Er druckste rum. Ich krallte mich verbal an ihm fest. „Gib dieses Grundbuch frei. Ich brauch' ein vernünftiges Schreiben von euch. Ohne diese beschissenen ‚eventuellen Auflagen'."
„Ich tue, was ich kann", sagte er und wusste, dass ich den Gang vor meine damals zweite Heimat, das Gericht, nicht scheute. Jetzt hieß es warten. Unbedingt brauchte ich die Zeilen von der Bank. Der 16. Oktober kam, nichts. Der 17. Oktober kroch ohne Freigabe des Grundbuchs vorbei. Etwa 340.000 Mal checkte ich meine Post, die Mailbox und E-Mails. Leere. Stille. Tod und Nichts.
„Morgenstund hat Gold im Mund", begann ich den Stichtag des 18. Oktober mit einem positiven Gefühl, das Stunde um Stunde zermalmt wurde. Es kam kein Schreiben. Ich checkte die Zeit. 13 Uhr. Mittagessen bei der Bank. Es wurde 14 Uhr. Der Feierabend nahte. Nichts. Ich würde ihn umbringen, beschloss ich, ihn mein Grundbuch fressen lassen und alle Prozessunterlagen des vergangenen Jahrzehnts. Um ihm das zu sagen, wählte ich die Nummer von Banker eins, ließ es endlos klingeln. Niemand ging ran.
Gegen 15 Uhr klingelte dann mein Handy.
„Günther", erkannte ich die Stimme von Banker zwei sogleich, „komm doch bitte vorbei."

Da saß er nun, sah mächtig geschlaucht aus. So ein Ding hatte Banker zwei während all seiner Jahrzehnte bei der Bank bisher nicht drehen müssen. „Ich sag' es dir gleich, Günther. Deine Bank muss wohl noch mal prüfen, das Grundbuch wurde bisher nicht freigegeben. Alles ist bis zum obersten Chef gelaufen."
Erneut beschloss ich, Banker eins zu ermorden. Die folgenden Worte aber brachten mich auf andere Gedanken.
„Ich habe vom obersten Boss jetzt die Erlaubnis, dein Konto mit 340.000, - Euro zu überziehen."
„340.000, - Miese", stutzte ich. „Bist du verrückt? Was kostet das für Zinsen?"
„Habe das ohne Zinsen hinbekommen", sagte er stolz und lächelte. „Wir machen eine Blitzüberweisung. Einverstanden?"
Sicherlich könnte ihn dieser Blankokredit um Kopf und Kragen bringen, wusste ich, zögerte und sah meinen Lieblingsfinanzierer an.
„Soll ich drücken?", fragte er erneut.
„Ja", sagte ich und dachte an Banker eins. „Feuer frei!"
Er tat es. Führte die Blitzüberweisung aus. Der einstige Käufer hatte nun sein Geld. Das Gericht war zufrieden. In derselben Sekunde aber stürzte mein Konto um 340.000, - Euro ins Minus.
„Mensch, Günther", ächzte mein weltbester Finanzierer. „So was hab' ich noch nicht erlebt." Er hatte mich gerettet. Auch wenn das mit Blick auf meinen Kontostand nicht zwingend so aussah. Keinen Cent würde ich die folgenden Wochen bewegen können. „Voll geblockt", dachte ich mit Blick auf den sechsstelligen Minusbetrag, den leeren Kühlschrank und die auf dem Tisch liegenden Rechnungen der an meinem Neubau sich ins Zeug legenden Handwerker.
Nachdrücklich kümmerte ich mich darum, das Grundbuch end-

lich frei zu bekommen. Noch eine Weile zuckte die Bank herum, dann hielt ich das Schreiben in der Hand, las es ein zweites Mal und legte es oben auf den leeren Kühlschrank. Er brummte wie ein bockiges Kind. Ich dachte an die Vorstände der Bank. Offenbar hatten sie begriffen, dass ich keine Angst vor ihnen hatte und wieder erfolgreich klagen würde, damit der Richter sie wie eine Erzieherin ohne Abendbrot in ihre Vorstandsbetten steckte.

Während ich mich in jeder freien Sekunde in meinem am See gedeihenden Haus verwirklichte, hielt ich nach der Blitzüberweisung nun plötzlich noch einen zweiten Hausschlüssel in der Hand. Unser Familienhaus war wieder da. Ich besah den Schlüssel und für einen Moment geisterte der Gedanke durch meinen Kopf, nachdem das Haus mir nach über zehn Jahren wieder in den Schoß gefallen war, könne selbiges vielleicht mit meiner Familie geschehen. Gerichte aber ticken anders als Gefühle. Mein Windhund und ich waren zu lange in unterschiedliche Richtungen gerannt. Gemeinsam mit meinen Mädchen aber schloss ich nach zehn Jahren die Haustür auf und wir betraten das geräumige Innere. Dem einstigen Käufer und seiner Frau war es nicht gelungen, die Erinnerungen zu vertreiben, von denen jedes Detail in dem Gebäude durchdrungen war. Auch Tani und Lisa spürten das. Und gleich hörte ich ihre mich glücklich machenden Stimmen.

„Papa“, sagte meine Große, „da habe ich wirklich eine schöne Kindheit gehabt.“ Auch Lisa nickte. Ich schloss die beiden geistig in meine Arme. Etwas Schöneres hätten sie nicht sagen können.

„Wenn ihr wüsstet“, lächelte ich meine Töchter an, „was es für ein Lebensakt war, das Haus zurückzuholen.“

„Jetzt verkaufst du es nicht wieder, Papa, oder?“, wollte Lisa gleich wissen.

„Das muss ich wohl“, hätte ich am liebsten nicht gesagt. „Das neue Haus ist bald fertig, Mama will hier nicht mehr wohnen und die Bank ...“
„Ich würde es auch verkaufen“, unterstrich Tani mein Vorhaben mit ihren Kenntnissen aus der Immobilienbranche und fügte ein kicherndes „Aber“ hinzu.
„Aber?“, fragte ich neugierig und dachte daran, wie oft der werte Richter dieses Wort benutzt hatte.
„Aber meinen 23. Geburtstag darf ich hier noch feiern, Papa?“
Natürlich durfte sie. Die Party wurde super. Musik, gute Stimmung und Lachen hätten noch den tristesten Gerichtssaal in ein Haus des Glückes verwandelt. Einmal allerdings fiel mein Blick auf den mediterranen Himmel, mit dem ich einst die Fassade versehen hatte. „Ungleichmäßig“, erinnerte ich die Worte der Gerichtsgutachterin. Als höre ich ihre Stimme, blähte sich das Wort „Mängel“ in meinem Kopf auf. Diesmal aber ging kein Revolver in meiner Hose los. Vielmehr schickte ich ein Lachen in den „Himmel“ und begann zu feiern. Die Musik klang geheimnisvoll und ich musste an eine Kartenlegerin denken, die ich vor mehr als 35 Jahren mit meiner Mutter Lucia besucht hatte. Wie eine richtige Hexe hatte die Alte ausgesehen, genau wie die Wahrsagerinnen, zu denen wir später gingen. Auch raunten sie alle dasselbe über meine Zukunft durch ihre schummrigen Kammern. „Ruhm, Ansehen und Ehre werden Sie ernten.“ Drei Mal hatte ich das aus den faltigen Mündern von Kartenlegerinnen vernommen. „Ruhm, Ansehen und Ehre“, freute ich mich und feierte unter meinem mediterranen Himmel herum. Sicher hatten die weisen Alten genau diesen Moment gemeint, in dem meine Töchter nun auf mich zukamen und wir Tanis Geburtstag feierten.

Ein „Schäflein“ vom Finanzamt

Die junge Dame vom Finanzamt hätte vermutlich weniger grimmig geschaut, wenn auch sie manchmal die Tanzfläche aufgemischt hätte. Wie ein böser Vogel aber pickte sie in meinen Unterlagen herum, fand dort etwas, zog hier einen Brocken heraus und rieb mir alles wie Gewölle unter die Nase. „Ihr Haus haben Sie damals für 530.000, - Euro angeboten?“, hatte sie nun einen richtigen Brocken im Schnabel.

„Ja“, lächelte ich sie freundlich an. „Darf man das nicht?“

„Aber 450.000, - haben Sie nur gekriegt“, stellte sie fest.

„Und Sie meinen ...“, brachte ich ihre Gedanken ans Licht, „... dass die achtzig Riesen Differenz als Schwarzgeld in meine Tasche geflossen sind?“

Sie schwieg. Kramte weiter in den Akten. Ließ mich links liegen. „Sie können mir doch nicht einfach so was unterstellen“, wurde ich deutlicher. Ihr Bild jedoch hatte sie sich offenbar gemacht, flatterte mit einigen dicken Brocken zurück ins Finanzamt und meine liebe Postbotin überreichte mir alsbald einen wuchtigen Umschlag mit dem Prüfungsbericht. „Wenn die Finanzgötter sich so viel Arbeit machen“, witzelte ich noch, „wird's nicht billig.“

Ich sollte Recht behalten. Der Betrag löste sogleich eine Art körperliche Schmerzen aus. Etwa 100.000, - Euro sollte ich für die Jahre 2006 bis 2008 nachzahlen. Nicht einmal meine gute alte rote Kiste mit dem Lohn vom Ponyhof hätte mir da irgendwie aus der Hölle helfen können. Wie aber sollte ich die Summe beschaffen? Die Jungs von der Bank Nummer eins waren nicht gerade meine Fans, die Rückabwicklung des Hauses war noch nicht über den Tisch und der Neubau verschlang mehr Scheine als gedacht. Die hundert Riesen würde ich nicht aufbringen.

Also las ich das Kleingedruckte.
„Der Inhalt des Prüfungsberichts wurde mit dem Geprüften bereits besprochen und für richtig befunden", hieß es dort. „Der Geprüfte ist mit dem Inhalt des Berichts einverstanden. Auf ein gemeinsames Abschlussgespräch hat der Geprüfte verzichtet. Der Bericht ist somit rechtskräftig."
„Der Geprüfte", wiederholte ich leise. Beinahe klang es wie „der Gekreuzigte". Ich fasste es nicht. Das Vögelchen hatte alles eingetütet. Am liebsten hätte ich sie in meiner roten Kiste irgendwo im Vorgarten des Finanzamtes lebendig begraben. Vorher aber wollte ich meinen Steuerberater anrufen.
„Hatten Sie denn zu der Sache ein Treffen im Finanzamt?", fragte er, als sei ich ein Trottel. „Natürlich nicht", machte ich deutlich. „Meine Erinnerung ist noch ganz gut."
„Aber der Prüfungsbericht ist ja schon rechtskräftig", wurde er unruhig. „Stimmt", sagte ich nur.
„Das ist aber scheiße", machte er deutlich.
„Besonders für mich", unterstrich ich seinen Missmut und mein Steuerberater legte für jedes der drei Jahre Einspruch ein. Allesamt wurden diese Einsprüche abgelehnt und Vollstreckungsmaßnahmen angedroht. Schon bald würden sie kommen, mich zu holen, mit ihren gierigen Krallen, mich aussaugen, AUSSAUGEN und dahinraffen.
Ich schüttelte meine alptraumhaften Tagträume ab und besah mir die Ablehnungsbescheide. Sie waren von derselben Dame gezeichnet, die in meinem Büro gewesen und Erstellerin des Berichtes war. „Okay", sagte ich mir, „ihr wollt kämpfen. Jetzt geht es los!"
„Das ist ja schon rechtskräftig", ließen mich wie ein Mantra auch noch weitere Steuerberater wissen. Mein Anwalt für Steuerrecht machte da schon eine bessere Figur, rüstete zum Angriff

mit Europarecht auf und ließ mich wissen, dass ich bei einer derart hohen Nachzahlung automatisch als Betrüger galt und die Staatsanwaltschaft eingeschaltet würde.
„Wie beruhigend“, krampfte ich kurz, ersann einen zusätzlichen Schlachtplan und rief beim Finanzamt an.
„Kosick. Grüß Gott“, hoffte ich, dass sie auch dort schon von einem solchen gehört hatten; einem der Gerechtigkeit am besten. Die Dame am Telefon aber sagte nur bissig:
„Ich weiß, wer Sie sind.“
„Gut“, befand ich, auch wenn das wahrscheinlich nicht gut war. „Sie wissen dann bestimmt auch, dass Ihr Schäflein, das hier bei mir war, irrt. Es hat einen falschen Weg gewählt. Der Bericht stimmt ebenso wenig wie die Zahlen darin.“
„Herr Kosick, ich sage Ihnen eines“, tat sie kund. „Sie werden zahlen müssen, ob Sie wollen oder nicht.“
„Wenn Sie mir aufzeigen, dass ich zahlen muss, weil ich Fehler gemacht habe, zahle ich“, pflichtete ich ihr bei. „Aber nicht bei einem so schwammigen Bericht und meinem Bauchgefühl, das sagt, hier läuft was schief.“
Wir verabschiedeten uns förmlich. Telefonierten mehrmals. Inzwischen hing mir die seitens des Amtes informierte Gemeinde im Nacken, die meinte, es stünden ihr etwa 24.000, - Euro zu. Ich überwies erstmal 500, -, damit Ruhe war. Anschließend wählte ich wieder die Nummer vom Finanzamt.
„Hier Kosick“, sagte ich straff, „ich erwarte umgehend einen runden Tisch bei Ihnen. Mit mir, meinem Steuerberater, meinem Rechtsanwalt, Ihrem Vorgesetzten, dem Obervorgesetzten, Ihnen und dem Schäflein.“
Immer sagte ich nur „Schäflein“, nie sprach ich von „Schaf“. Die Frau tat mein Ansinnen ab, erneut telefonierten wir, während eines halben Jahres immer wieder.

„Wenn Sie im Recht wären, hätte ich gleich morgen meinen runden Tisch“, erhellte ich mit meinen Worten die düsteren Vorkommnisse des Amtes. „Intern haben Sie einen Fehler gemacht, von dem Ihre Chefs nichts wissen dürfen“, drückte ich sie während des Telefongesprächs an die Finanzamtswand. „Und die Chefs fragen jetzt nach dem Geld vom Kosick, weil alles bereits rechtskräftig ist. Stimmt's?“
Sie sagte nichts, rief aber neuerdings bei mir an. Nach zweieinhalb Jahren klingelte schließlich ihr letzter Anruf auf meinem Schreibtisch.
„Ach, Sie sind es“, freute ich mich beinahe über die „alte Bekannte“. „Was kann ich für Sie tun? Außer zahlen, meine ich natürlich.“
„Haben Sie kurz Zeit, Herr Kosick?“, fragte sie gleich.
„Für Sie immer“, sagte ich.
Sie hatte einen Vorschlag zu unterbreiten.
„Lassen Sie mal hören“, lehnte ich mich im Schreibtischstuhl zurück und lauschte. Nach einigen Schlenkern kam die Dame zum Kern der Sache. Die einst 100.000, - Euro schrumpften auf ca. 12.000 zusammen, die Vorwürfe wegen Steuerhinterziehung und sonstiger Gemeinheiten waren vom Tisch.
„Wenn Sie annehmen, ist die Sache ein für allemal geklärt“, zog sie einen Schlussstrich unter ihre Offerte.
„Dann ist alles erledigt?“, ging ich auf Nummer sicher. „Und die Staatsanwaltschaft?“
„Da muss ich noch reden, dass man dort auch Ruhe gibt“, erklärte sie.
„Wenn nicht“, erhöhte ich ein letztes Mal den Druck, „bringe ich alles an die Öffentlichkeit und wir sehen uns in München vorm Finanzgericht.“
„Das wird nicht notwendig sein“, ließ sie mich wissen.

„Gut“, strich ich mit meinen Fingern durch die Haare eines Pinsels und kicherte innerlich. „Dann machen wir das so.“
Wir verabschiedeten uns. Sie legte auf. Beinahe vermisste ich unsere regelmäßigen Gespräche. Wenn indes 100.000 Euro auf ca. 12.000 schrumpfen, man stelle sich vor, was da nicht alles schiefgelaufen ist.
„Glück! Günscheck“, verkündete unsere dörfliche Welt wieder. „Was hast du nur immer für ein Glück!“
„Fight for your right ...“, drehte ich indes das Lied im Autoradio lauter und stimmte beim Refrain mit ein.
„... to paaaaaaaaarty!“

Die Flaschenpost

Liebevoll wurde die Flaschenpost von den Wellen umspühlt, als meine Freundin und ich im Sommer des Jahres 2008 am Strand von Sardinien schlenderten. Händchen haltend, den warmen Sand, das weiche Wasser um unsere Füße, hörte ich plötzlich ihren Ausruf. Alles verlief wie geplant.
„Schatz, schau mal: eine Flaschenpost!“
Fröhlich eilte sie zu der Flasche, nahm diese an sich und fummelte aufgeregt den Deckel herunter. „Tatsächlich, ein Brief“, hörte ich nur, da las sie ihn bereits und Freudentränen liefen ihre Wangen herunter. Sie hielt meinen Heiratsantrag in Händen. So begann es. Am 22. November 2008 um 11 Uhr heirateten wir auf dem Standesamt in Meitingen. Und DANN ...

… wurde neun Jahre später, am 5. Dezember 2017, der Scheidungsantrag gerichtlich zugestellt.

Mit meinen Eltern

Immer schon waren mir Pferde sehr nahe.

Enterbt

Jedes Kind, so sagen Binsenweisheiten oder Finanzexperten, kostet ein Einfamilienhaus. Ein ganzes Dorf hätten meine Eltern demnach in die Welt stellen und vermieten können. „Kosickhausen", allerdings ohne uns vierzehn Kosicks. Wie öde. Harry und Lucia aber wollten Gesellschaft, sonnten sich glücklich im Kreise von vierzehn Kindern, 35 Enkeln und einer wachsenden Zahl an Urenkeln. Was die an Steuern reinbringen, mache sich einer mal deutlich. Als Gegenwert für ihre gewaltige Lebensleistung speist der Staat meine Mutter heute mit etwa 650, - Euro Rente im Monat ab. Wegen der vierzehn Häuser, die ihr eigentlich zustehen sollten, hat sich noch niemand gemeldet oder Gedanken gemacht.

Drei Schlaganfälle kündigten in den Jahren 2006 und 2007 an, dass auch mein Vater Harry durch seine Rolle des Übervaters keine Unsterblichkeit erlangt hatte. Zunehmend ging es ihm schlechter und ich hatte mir vorgenommen, gemeinsam mit meinen Eltern alles aus dem Weg zu räumen, was nach seinem oder ihrer beider Tod für Ärger innerhalb der ja doch wuchtigen und von Streitereien nicht ganz freien Kosickbande hätte sorgen können.

„Papa", saß mein Vater Harry links vor mir auf der Couch. „Mama", sah ich meine rechts vor mir sitzende Mama Lucia an. „Günther", sagten sie gleichzeitig, als sei das Gespräch damit bereits beendet. „Vadda, Mudda", setzte ich erneut an. „Wir wissen ja alle, dass das Leben einmal zu Ende geht."

Nicht rundum begeistert von meinem Einstieg in das Gespräch, ruckelte ich mich im Sessel zurecht und machte einfach weiter. „Ihr habt vierzehn Kinder und ich hoffe, ihr habt alles so geregelt, dass es hinterher keinen Unfrieden gibt."

Meine Eltern taten nun etwas, das mir erst später klar wurde. Sie logen mich an. „Wir machen nichts“, ließen sie mich voll auflaufen.
„Gar nichts?“, konnte ich kaum fassen, was ich hörte. Es ging ja nicht um ein Vermögen. Aber um Frieden. Das wollten sie doch sicher.
Harry und Lucia nickten.
„Ihr habt vierzehn Kinder“, setzte ich erneut an. „Gar nichts zu machen, ist der größte Fehler. Es ist doch eure Aufgabe, alles sauber zu hinterlassen.“
„Ihr könnt nach uns machen, was ihr wollt“, sagte mein Vater mit augenscheinlich voller Unterstützung meiner Mutter.
„Was ihr wollt“, ließ ich mir die Worte auf der Zunge zergehen. Was das bedeutete, hatte mich die lange gemeinsame Zeit mit meinen Geschwistern wahrlich gelehrt. War Frau Generalin Mutter einmal nicht da, und war es auch nur für einen Moment, und wir durften machen, was wir wollen ... behüte mich Gott.
Ich sollte recht behalten. Frieden hatte ich säen wollen. Der aber verdorrte, noch bevor mein Vater seine letzten, wahrlich kraftvollen Worte gesprochen hatte.
Es war im April des Jahres 2009. Kurz vor Harrys Tod am 19. des Monats saß ich an seinem Bett im Krankenhaus. Mein Vater wollte nicht mehr leben. Ein Blinder hätte das gesehen. Trotzdem hatten sie ihn an die Blutwäsche angeschlossen und ihm eine Zwangsernährung verpasst.
„Hat er nicht eine Patientenverfügung verfasst?“, fragte ich die Schwester auf dem Flur vor Harrys Zimmer.
Die junge Frau nickte. Meine Mutter und jemand der vierzehn aber hatten beschlossen, sein Leben zu erhalten, so lange das möglich war. „Er verweigert das Essen“, ließ die Schwester mich noch wissen. „Obwohl Ihr Vater noch essen könnte.“

„Er will nicht mehr leben, oder?“, fragte ich sie. „Das sieht doch jeder.“
Sie könne nichts tun, sagte die Schwester und ich ging wieder ins Krankenzimmer. Meine Mutter und jemand der vierzehn waren ebenfalls in dem Zimmer. Ich setzte mich an das Krankenbett, nahm die Hand meines Vaters und sah ihn an. Harrys Blick war bereits nach innen gekehrt, ganz wie bei Sterbenden, die sich selbst noch einmal anschauen.
„Vater, was ist los?“, drückte ich seine Hand freundschaftlich. „Wir hatten eine gute gemeinsame Zeit. Du bist ein toller Papa.“
„Er ist so bös“, murmelte meine Mutter und einer von vierzehn neben ihr nickte. Tatsächlich sah mein Vater grimmig aus. Offenbar gefiel es ihm nicht, an die künstliche Ernährung angeschlossen worden zu sein, die sein Davongehen unnötig erschwerte.
„Was ist denn los, Vater, dass du so bös bist?“, fragte ich ihn, der schon seit Tagen kein Wort mehr gesagt hatte. Nun aber schoss er hoch, saß gleich senkrecht im Bett, streckte die Brust raus als sei er nun einmal der General und sagte mit bebender, nur schlecht zu verstehender Stimme und mit Blick auf meine Mutter noch vier Worte und ein Ausrufezeichen:

„Leck
mich
am
Arsch!“

Nach dem Ausrufezeichen klappte Harry zurück ins Bett und atmete schwer.
„Schau, wie bös er ist“, sagte meine Mutter nur.
„Hast du verstanden, was er gesagt hat?“, fragte ich erschrocken.
„Ja“, sagte Lucia, „er ist so bös geworden.“

Am selben Abend um 21 Uhr starb mein Vater Harry.
Kurz zuvor, um 20.45 Uhr hatte er sich noch ein Glas Wasser bestellt, es getrunken und die Augen geschlossen. Ein sauberer Abgang.
Die Schwester unterrichtete mich und ich fuhr ins Krankenhaus. Sicher würde die ganze Familienbande schon das Zimmer belagern. „Das wird jetzt rundgehen dort drinnen", dachte ich, während ich mich der Tür näherte. Doch kein Laut drang aus dem Zimmer, in dem mein toter Vater lag. Ich öffnete die Tür. Aufgebahrt lag Papa vor mir. Neben dem Bett brannte eine Kerze. Niemand sonst war da. Stille. Mein Vater und ich. Trauer umschloss mich. Doch auch ein Glücksgefühl. Wir waren zu zweit. Konnten uns verabschieden. Derart viel Zweisamkeit hatten wir in unserem ganzen gemeinsamen Leben wohl nur gehabt, als Harry mich um die sechs Riesen für das neue Auto bat. Jetzt lag er dort vor mir, mein lieber Vater. Wie zufrieden er aussah.
„Papa", sagte ich nur. Spürte, er würde das hören. Medizinisch war er vielleicht tot, sicher war das so. Gleichwohl wusste ich, dass mein Vater noch da war, wir beisammen, Vater und Sohn, in diesem langen Moment von bald dreißig Minuten.
Es ging ihm gut, das sah ich. Er war raus aus allem. Erlöst.
„Mensch, Papa", sagte ich noch, drückte seine Hand ein weiteres Mal. Da hörte ich draußen die Meute kommen, meine Mutter im Rollstuhl vorneweg, verzweifelt rufend.
„Warum gehst du ohne mi ...!"
Als sie eintrafen, hatte mein Vater sich bereits verändert. Er war gegangen. Den Trubel wollte er sich offenbar ersparen.

„Einer muss früher gehen. Der andere den Müllhaufen, der bleibt, wegschaffen." Das hatte ich meinen Eltern einst auf der Couch gesagt. Jetzt war Harry von uns gegangen. Lucia saß da

in ihrem Rollstuhl und – anders lässt es sich kaum sagen – die Scheiße würde ihr bald um die Ohren fliegen.
Harry war noch keine zwei Monate unter der Erde, da rief ein Bruder an und erzählte aufgebracht, was ihm widerfahren war.
„Mensch Günther“, sagte er verstört, „hast du auch Post vom Gericht gekriegt?“
„Ausnahmsweise mal nicht“, witzelte ich noch, da haute er die Neuigkeit bereits raus.
„Ich bin enterbt. Meine, äh, unsere Eltern haben mich enterbt.“
„Mmmm“, stichelte ich, „so wie du dich um sie gekümmert hast, wundert mich das nicht wirklich.“
Er legte auf. Gab aber im selben Moment das Telefon für mein nächstes Geschwisterchen frei.
„Hast du auch Post bekommen?“, hörte ich nur.
„Nein, warum?“, tat ich unwissend.
„Ich bin enterbt.“
„Mensch“, warf ich noch etwas Stroh ins Feuer, „dann wird mein Anteil ja immer größer.“
Auch er legte nach einigem Gemurre auf. Etliche Anrufe folgten. Alle waren sie enterbt. Dann kam mein Brief. Die Postbotin lächelte nett wie immer. Ich riss den Umschlag auf. Enterbt.
„Scheiße“, verstand ich die Welt nicht mehr. Sie hatten uns alle enterbt. Auch ihren lieben Günscheck. Das hatten Harry und Lucia also eingetütet gehabt, als sie vor mir auf der Couch hockten. Das Haus aber konnte sie nicht mit in die Unterwelt nehmen, wenn Mutter einmal starb. Alle dachten das. Und die Scheiße stürzte auf Lucia ein.
„Das war Vaters Idee“, versuchte sie, die nur wenig freundlichen Nachfragen zum Schweigen zu bringen. Kurz darauf flog das Ding auf. Haus und Grundstück waren auf ein Geschwisterchen überschrieben worden. Einer oder eine von vierzehn hatte alles

bekommen. Die anderen dreizehn schauten blöd und zornig aus der Wäsche.
Bandenkrieg. Dreizehn gegen eine oder einen. Das hatte Mama wirklich toll hinbekommen. Warum nur hatte sie so gehandelt? So handeln müssen? Hatte die Person Druck auf unsere Eltern ausgeübt?
Wie Sherlock Holmes stand ich abends an meinem kleinen Gewässer hinter dem Haus und kombinierte. Es gelang mir nur mäßig. Als Malermeister durfte ich nicht die Gabe eines Meisterdetektivs von mir erwarten. Gleichwohl bündelte ich einige Fakten und betrachtete sie von allen Seiten. „Haus überschrieben“, sagte ich mir und reimte dann folgende Wörter: Zwangsernährung – Verjährung.
„War das der Plan gewesen?“, haute der Gedanke mich beinahe in den Teich. Hatten Lucia und das bei ihr im Krankenzimmer ausharrende Geschwisterchen Harry zwangsernähren lassen, damit er es vielleicht noch eine Weile machte? Schließlich hörte man nicht selten von Todkranken, die sich aufrappelten und noch Jahre lebten. Möglicherweise sogar so lange, bis die Überschreibung eines Hauses verjährt und nicht mehr rückgängig zu machen war. Wäre Holmes alter Freund Watson bei mir am Teich gewesen, stolz hätte er mir die Pfeife gereicht. Möglicherweise hatte ich den Nagel auf den Kopf getroffen und mein Kombinieren erklärte auch die deutlichen letzten Worte meines Vaters. Beweisen würde ich meine These nicht können, das wusste ich wohl. Wollte es eigentlich auch gar nicht, bloß die fliegenden Scheißhaufen nicht auch noch anfeuern.
Die Schmerzlawine ergoss sich dennoch über meine Mutter und bäumte sich noch gewaltiger auf, als die für ihre Pflege festgestellte Unterdeckung von uns Enterbten ausgeglichen werden sollte.

„300, - bis 400, - Euro im Monat“, ließ die Dame vom Amt uns wissen. Zusätzlich seien etwa 1.600, - Euro für das laufende Jahr offen und mehr als 10.000, - Euro für die letzten drei Jahre. Erneut sagte sie das Wort „Unterdeckung“ und forderte uns vierzehn auf, unsere Einkünfte und Bilanzen darzulegen. Wer was hatte, würde zahlen müssen. Das Amt prüfte und schickte drei Briefe raus. In zweien forderte es zwei Schwestern auf, einen winzigen Betrag zu entrichten. Das dritte Schreiben war an mich adressiert. „Sehr geehrter Herr Kosick“, lässt sich der Inhalt sinngemäß in einem Satz zusammenfassen, „Ihre Schwestern zahlen ein kleines bisschen, Sie den Rest.“
Beinahe roch es ein wenig nach Gerichtssaal, während ich den Brief beiseitelegte. Wie konnte das sein? Meine Schwester mit ihrem schmalen Einkommen hatten sie drangekriegt. Und mich. Alle anderen elf hatten demnach keinen Pfennig auf der Naht? Einige ihrer Geschäfte, das sah jeder, liefen doch recht gut. Sie mussten getrickst haben, anders konnte ich es mir nicht vorstellen. Wo nur, liebe Brüder und Schwestern, ist der alte Zusammenhalt hin? Habt ihr denn vergessen, wie wir im Halbkreis gegenüber den Polizisten, Nachbarn und Forellenteichbesitzern in der Stube standen, zusammenhielten wie Pech und Schwefel und die Eindringlinge wissen ließen: „Wir Kosicks, nein, wir waren es nicht!“ Diese Bande war zersetzt. Wer sollte die 400, - Euro im Monat zahlen? Ich.
„Okay“, schluckte ich. Das könnte ich noch verkraften. Was aber, wenn die Kosten für die Pflege stiegen, aus den vierhundert plötzlich eintausend Euro im Monat würden, oder zwei, drei, vier ….
Ich musste kämpfen. Wenn ich die Entscheidung des Amtes akzeptierte, hätten sie mich für alle Zeiten am Arsch. Also fummelte ich das graue Schreiben hervor und wählte die abgedruckte

Telefonnummer. „Kosick, grüß Gott“, machte ich mich der das Gespräch annehmenden Dame höflich bekannt.
Die Frau stellte sich ebenfalls vor. Ihr Name tut hier nichts zur Sache. Nennen wir sie Frau Amt, da es sich lohnt, ihr für die folgenden Seiten einen Namen zu geben. Schließlich sollten Frau Amt und ich oft miteinander telefonieren.
„Ist es wirklich so“, löcherte ich Frau Amt, „dass ich neben meiner Schwester mit ihren paar Kröten der Einzige bin, der zahlen muss. Was ist mit meinen Brüdern?“
„Laut den uns vorliegenden Unterlagen“, sagte sie trocken, „ist niemand von denen zahlungsfähig. Sie aber können sich das leisten.“
„Leisten?“, schnappte ich das zynisch klingende Wort auf, „wir reden doch wohl hier nicht von einem Luxusurlaub. Was ist mit meinen Brüdern? So arm sehen die doch gar nicht aus.“
„Leider nichts, Herr Kosick. Sie werden leisten müssen.“
„Aber ich will nicht leisten“, gebrauchte ich Frau Amts harmlos klingenden Ausdruck für „zahlen“. „Erst werden alle enterbt, dann darf ich als Einziger von vierzehn leisten.“
„Vierzehn?“, hakte Frau Amt nach.
„Vierzehn“, wiederholte ich. „Ich bin die Nummer 10, falls es Sie interessiert.“
Für eine Weile sagte sie nichts, dann richtete Frau Amt sich wieder in ihrer Verwaltungstätigkeit ein. „Also, für das vergangene Jahr sind ca. 1.600, - Euro offen, die wären innerhalb von zwei Wochen fällig. Danach einigen wir uns ...“
Beim Wort „einigen“ bekam ich große Ohren und ein wenig Hoffnung flatterte durch den Raum.
„... auf die monatlichen Zahlungen.“
Während einiger Minuten zappelte ich am Telefon herum wie eine Forelle beim Schwarzfischen. Dann beendete ich das Ge-

spräch und fühlte mich mies. „Einer von vierzehn", dachte ich, „und als Einziger voll gearscht." Irgendetwas lief da schief. Ich griff zum Handy und klingelte einige Geschwister durch. Niemand ging ran. Überall sprach ich auf die Mailbox. Keiner rief zurück. Erst im Laufe der folgenden Tage führte ich einige Gespräche. Erfolglos. Niemand meiner Geschwister konnte angeblich das tun, was Frau Amt „leisten" nannte.

Die Sache stank zum Himmel. Ich würde mir etwas einfallen lassen müssen. „Eins, zwei, drei, her mit der Juristerei", sinnierte ich über ein gerichtliches Vorgehen. Doch wollte ich meine gesamten Geschwister verklagen? „Sind Sie der Anwalt gegen Kosick?" „Nein, ach, für Kosick." Ein Kosick gegen zwölf Kosicks. Das würde kein Gerichtssaal aushalten.

„Was aber war mit dem Haus?", überlegte ich, wohl wissend, dass es nach der ersten Schenkung unter meinen Geschwistern weiterverkauft worden war. „Sicher günstig und unter Wert", mutmaßte ich. Da ließe sich doch vielleicht was machen. Schließlich hatte ich die Bank weggefegt, meinen Hauskäufer und das gesamte Finanzamt.

Gleich rief ich Frau Amt an.

„Kosick."

„Ach, Herr Kosick", begrüßte Sie mich leicht genervt. „Was kann ich heute für Sie tun?"

„Vermögensschaden", stellte ich in den Raum. „Mit der Juristerei bin ich durch. Da kenn' ich mich aus."

„Ja?", fragte Frau Amt irritiert. „Was meinen Sie?"

„Was ist eigentlich bei Ihnen im Amt passiert", pinselte ich ihr eine fertige Anklage um die Ohren, „dass unser Elternhaus innerhalb der Familie unter Wert verkauft wurde? Gab es denn keinen Gutachter? Sie müssen doch einen einsetzen. Das wissen Sie doch, Frau Amt. Wieso gab es den nicht? Oder wo ist

das Gutachten?“
„Ja, Herr Kosick, das ist so eine Sache“, ließ sie mich wissen. „Es gibt keines. Das war damals alles recht verzwickt.“
„Wie verzwickt?“, sträubten sich mir die Nackenhaare.
„Meine Kollegin hat sich damals um die Sache gekümmert“, erklärte Frau Amt. „Es lief alles durch, weil es ein Bruder war, der das Haus gekauft hat.“
„Bruder hin, Bruder her“, sagte ich. „Da hat das Amt einen Fehler gemacht. Und glauben Sie mir, mit Brüdern kenne ich mich aus.“
„In der Akte steht, dass niemand mehr gezahlt hätte als 50.000, - Euro“, ging Frau Amt ins Detail.
„Aber man hatte doch den Verkehrswert“, leistete ich einen Wortbeitrag. „Allein das Grundstück kostet schon mehr als die 50.000. Außerdem ist das Haus trocken, also wie ein Rohbau zu werten. Mein Leben lang schon stehe ich in irgendwelchen Neubauten und Rohbauten, da kenne ich mich aus.“
„Aber niemand hätte doch mehr bezahlt als die fünfzig“, wollte Frau Amt mich abwimmeln. Da aber holte ich noch einmal tief Luft und gab ihr die volle freundliche Dröhnung.
„Ich hätte locker 90.000, - gezahlt, weil das Haus noch einen Haufen mehr wert ist. Außerdem wusste der gesamte Immobilienmarkt nichts von dem Verkauf. Deshalb sage ich Ihnen“, nahm ich noch einmal Schwung, „dass ich die 1.600, - Euro genauso wenig zahle wie Ihre tollen monatlichen Leistungen.“ Kurzerhand ballerte ich noch ein „Basta“ hinterher und wartete ab, was nach dem nun herrschenden Schweigen geschehen würde.
„Also, Herr Kosick“, nannte Frau Amt wieder meinen Namen, „ich kann Sie zum Teil verstehen.“
„Immerhin“, freute ich mich. „Wie aber kommen wir aus dem Spaß raus?“

Das wusste Frau Amt auch nicht.
„Wir brauchen jemanden, der alles ins Licht von Recht und Gesetz rückt“, erklärte ich mein Vorhaben. „Also, ich zahle nicht. Sie verklagen mich.“
„Ja“, sagte Frau Amt wertfrei. „Ihr Wort in Gottes Ohr, so wird es kommen.“
„Im Gericht“, begeisterte ich mich schon fast für einen dortigen Auftritt, „brenne ich dann das ganze Feuerwerk ab und werfe alles in die Runde. Dass außer mir angeblich keiner leisten kann. Dass das Haus für etwa 50.000, - im lieblichen Familienkreis verschachert wurde. Auf das Wort ‚Schenkung‘ kommt der Richter dann schon allein. Schwups ist wieder Geld da und ...“
„Herr Kosick“, wollte sie mich unterbrechen. Das aber ließ ich nicht zu.
„Genau“, sagte ich, „und die Nummer 10 muss nicht mehr leisten. Jedenfalls nicht alleine. Außerdem haue ich niemanden aus unserer Bande in die Pfanne, sondern wehre mich nur. Kommt der Herr Kosick doch in den Himmel, oder?“
„Schauen wir mal“, sagte Frau Amt und die Dinge nehmen ihren Lauf im Jetzt.

Der rote Teppich

Das Geburtstagskind sollte als Einziger den gemütlichen Schwaighof nicht über den roten Teppich betreten. Ich hatte ihn ausgerollt, glanzvolles Wetter bestellt, Sonnenschirme, Stühle und Tische drapieren lassen, die Bühne gerichtet und für das leibliche Wohl gesorgt. Anschließend jedoch war ich untergetaucht und erfreute mich an dem Gedanken, was die lieben Gäste sich hinsichtlich meiner Absenz und des kruden Beginns meiner Feier zusammenspekulieren würden.
Zu 18.33 Uhr hatte ich geladen. „Was für eine merkwürdige Zeit", kamen natürlich alle pünktlich und tuschelten. „Der Kosick, der hat doch was vor."
Das hatte ich gar nicht. Außer vielleicht meinen Wunsch in Erfüllung gehen zu sehen, dass alle meine lieben 320 Gäste, die Verwandten, Freunde und Gefährten so vieler Jahre, pünktlich vor den Rundbögen des Hofes erscheinen und über den roten Teppich die Örtlichkeiten meiner Feier betreten würden. Ganz herzlich danke ich euch, dass ihr meine Einladung erhört und mir diesen großen Wunsch erfüllt habt.
Schon auf dem roten Teppich wurde gelacht, sich wohlgefühlt, Hälse wurden gereckt und Fragen gestellt.
„Wo steckt denn der Kosick, ... der Günther, ... der Günthi, ... der Günscheck? Da kommt er doch zu seiner eigenen Feier zu spät."
Pünktlichkeit ist wahrlich nicht meine Stärke. Diesmal jedoch verlief alles nach Plan. Nervös und voller Vorfreude wollte ich warten, bis es 19.15 Uhr schlug. Der Zeitpunkt meiner Geburt. Dann wollte ich einrollen und nichts als feiern und glücklich sein.

„Magie!", beschwor meine zweite Frau von der Bühne den Abend. Ein solche gehe doch von einem fünfzigsten Geburtstag

Die Verwandlung des „Günscheck“ – mit 18 Jahren (l. o.) ... mit 22 ...

... 35 ...

... und mit 45 Jahren.

aus. Auch wenn dieser Tag sich etwas großspurig als Mittelpunkt des Lebens aufspielt, lässt er gleichwohl zurückblicken auf einstige Nuller-Geburtstage. Auf meinen zehnten Geburtstag etwa, der eingebettet war in die Welt des Ponyhofs, des Schwarzfischens und ein wenig Schule. Der Zwanzigste, mit meinen langen Haaren und den Wurschtsemmeln des Herrn Mann, er lebe hoch! Mit dreißig grinste ich zwar hochverschuldet in die Welt, doch als stolzer Papa und selbstständiger „Malermeister Kosick". Zehn Jahre später, mit vierzig, war meine zweite Tochter Lisa bereits sechs und ihre Mutter und ich hatten uns verwandelt und getrennt. Jetzt hatte ich die „50" erklommen und meine zweite Frau drohte mit einem „Echo" für mein Lebenswerk.

„Wo aber steckt der Günthi nur?", versuchte sie vergebens, mich von der Bühne anzurufen. Doch nichts zu hören vom Günscheck, nichts zu sehen, bis sie meine Geburtsurkunde ans Licht brachte, der Uhrzeiger auf 19.15 Uhr wackelte und plötzlich Rufe ertönten.

„Da kommt ein Fahrzeug ...", Schiebetür auf, „... der Günthi!" Genau so eine gewaltige Feier wollte ich. Ganze 320 mir nahe Menschen, meine Mutter, Geschwister, weitere Verwandte, Freunde und Weggefährten an diesem Tag an meiner Seite wissen. „Kostet doch ein kleines Vermögen!", unkten die Neider. „Doch wofür habe ich meine Jungs bei der Bank", sinnierte ich und tatsächlich waren sie für mich da. Welch einziger Rausch des Glücks war diese Feier. Jeden meiner Gäste begrüßte ich persönlich an seinem Tisch, es wurde liebkost und geknufft. „Dem Himmel sei dank", ließ ich sie alle wissen, „dass meine Eltern mutig genug waren, nach dem neunten Kind noch ein zehntes in die Welt zu setzen. Hier bin ich, euer Günther, einer von vierzehn."

Dann betrat mein alter Chef, Herr Rauch, die Bühne. Nach mehr

Welche besondere Ehre und Freude war es doch, meinen ehemaligen Chef, Herrn Rauch, auf meinem „Fünfzigsten" begrüßen zu dürfen.

als zwanzig Jahren hatte ich ihn eingeladen, Herrn Rauch noch einmal wissen lassen, um welch wichtige und große Zeit seine Gegenwart und sein Betrieb mich bereichert hatten. „Gibt es noch eine Möglichkeit, Sie umzustimmen, Herr Kosick?", hatte Herr Rauch vor 21 Jahren gefragt. Nur zu gut erinnerte er sich noch an mich „untypischen und lösungsorientierten Angestellten" sowie den großen Auftrag der Hangbrücke.

„Unter Kollegen", sagte Herr Rauch schließlich und rührte mich beinahe zu Tränen, „ist das ‚Du' üblich. Ich habe das selten gebraucht. Aber dir, Günther, möchte ich es anbieten."

Wir duzten uns, nahmen uns in die Arme. Jetzt war der Moment die Gläser zu heben.

„Lasst uns anstoßen!"

Alle 320 Gäste hoben ihre Gläser und stimmten ein.

„Auf die Liebe."
„Auf die Leidenschaft!"
„Auf das Leben."
„Auf einen von vierzehn!"

50 Jahre Sonnenschein: mit meiner lieben Schulfreundin Jutta.

Von Sylvie & mir ein Gruß an unsere wundervollen Mädchen!

– Ende des ersten Bandes –